聆聽的房子

辛其氏——著

匯智出版

自序

一九八三年七月至八五年元旦日，曾在《星島日報》星辰版寫專欄，欄名「五線譜」，顧名思義，那是五人輪寫的小框框。當年參與這個文字譜奏的作者，還有「素葉」朋友蔡浩泉，「五線譜」版頭亦出自他的手筆。

往昔文字四十年後重現，淡忘的生活感喟與曾經起落的心潮，似夢還真。讀後選取四十篇，除細意清理文字沙石外，又因字數限制，寫時未免粗枝大葉，構思不周，故亦趁機修訂行文的疏漏處，或酌情改寫，或稍易篇名，為免累贅，每篇的原刊日期也不打算詳列。

當年專欄第一篇，題以〈歪調〉呼應欄名，但今日思量，內容盡皆日常情理，雖無高見，還不至於淪為歪調浮詞，因而實事求是，易名〈走調〉。弦外音是五線譜也不懂的隨意高歌，難保不會荒腔走板，而直抒胸臆的即興感懷，唯望未致於言不及義，虛耗讀者時間。

估不到上世紀的嘔啞老歌，竟還有餘音依稀可辨，一路走來，世事已幾番嬗變，只覺時代行進的步伐飛快，科技日新月異。其中〈郵政〉一篇，提到當年新興電郵取代寫信，另文〈借電話〉又談及街外借打電話的無奈和難處，哪會想到有智者高錕發明光纖，啟導後來者研發無遠弗屆的互聯網，以及各式通訊軟件、平板電腦和智能手機。現世代電郵已非主流，一機在手，配合五花八門的應用軟件，更彷佛可以號令全宇宙。

文集面世，全賴羅國洪先生玉成。前年中到匯智出版社取回《藝情絮語》「香港書獎」獎座，羅主編問可有意思把仍未結集的報紙專欄出版，我笑說一把年紀要收山了，正忙着清理信函、舊作和相關影印本呢。他馬上回應暫別丟棄，好好考慮，如同意就把書稿電傳出版社，但散漫之人疫世蟄居，思前想後，拖到去年才切實執行。

序

書名《聆聽的房子》，以其中一篇小文題目定名。這房子與我同泳人生低潮，確曾俯仰其間，深思日後行止，並毅然決然從那裏再出發，繼續探究未知命運，瀏覽四野風光。近聞房子所在的屋邨行將拆卸改建，半世紀後形跡終歸似有還無，物換星移，正合生滅更替的自然規律。

全書分兩輯，第一輯為專欄文字，記下我樸素成長的零碎片段，談及的人事物理，雖褪色沉澱，但情意猶存。第二輯共收長文四篇，〈件工計酬〉早於八十年代末脱稿，其餘三篇〈故物寄情〉、〈疫下潛居十記〉及〈漫説素心人〉則分別寫於二〇二二年底至二〇二四年初，在述説眼下世道的同時，亦回溯人生來路，曾經飛揚的青春、忐忑的歲月，以及有緣共處的良朋素友，足印分明，豈能缺席。

二〇二四年十月二十三日沙田

目錄

目錄

第二輯

第一輯

走調

我喜歡唱歌，不是天生喜歡，而是中學畢業後的七十年代初，認識了幾位愛唱歌的朋友，大伙兒起鬨時，居然自覺唱得不難聽，慢慢浸淫培養。無事哼兩句，學的歌很雜，沒有來自學校音樂課的壓力，唱來更自由奔放。

升初中時對音樂課並不雀躍，主要生來笨拙，學不會五線譜，那些圓圈豆豉把腦筋也搞渾了，樂理考試難過關，任你有婉轉鶯喉，也得不到好分數。後來轉去一間基督教學校繼續學業，新校音樂課不嚴厲，相當於唱遊，捧着《趙梅伯歌選》，嘩啦嘩啦唱幾年，過於寬鬆的緣故，樂理方面的知識自然沒甚麼長進。

中二那年，學校舉行歌唱比賽，同級各班都有代表參加，唯獨我班無人應戰，我不自量力，在音樂老師指導下，組隊二部合唱〈踏雪尋梅〉，又獨唱一曲〈紅豆詞〉，因鋼琴伴奏令我神經緊張，前奏和過門音樂後，應在那個節骨眼上開口跟進，毫無把握，與其露醜，索性清唱。當時獨站麥克風前高歌的情景，實在嚇人，虧我有膽量面對全校師生，歌聲從禮堂遠處折回來，我集中精神提防走調，努力記牢歌詞，只要唱至尾句「恰似遮不住的青山隱隱，流不斷的綠水悠悠」，一切就會好了。

我學唱歌，完全沒章法，既不會讀五線譜，看簡譜也是「差不多小姐」，但我常聽，一首歌反覆聽幾十次，腦裏縈迴熟悉的旋律，越劇《紅樓夢》〈試玉〉一段，唱幾遍也就學會了。廿來歲學唱黃梅調，凌波樂蒂主演、李翰祥導演的《梁山伯與祝英台》前後看了十二次，長壽唱片聽過無數遍，順帶學會講國語。單憑聽歌去學語言，拼音符號全不懂，本來不是正途，但於我這樣一個對符號糊裏糊塗的人，卻又最合適不過了。

由於從小聽國語時代曲、中國民歌、粵語流行曲、粵曲粵劇和廣東音樂長大，高中才從收音機吸收歐西流行歌曲，音樂趣味偏中輕西，與我那些周末假期喜歡參加舞會，狂聽披頭四、貓王皮禮士利和金童子奇里夫李察的時髦同學，各走極端。幸而有幾位音樂細胞豐富的朋友，待人親切的寶玲更是鋼琴專業，家中授課，桃李盈門。在他們薰陶下，結伴去香港大會堂聽西洋古典音樂演奏，初聽貝多芬、莫札特、德布西、巴哈、史特勞斯等名家作品，打開心窗，衝擊耳軌。可惜井蛙的古典音樂學習欣賞期，隨着個人與朋友生活模式改變，為時短暫，無以為繼。

西瓜

夏天的水果，西瓜最教人想着也覺清涼，一個瓜分兩半，顏色亮麗鮮明，紅的紅，綠的綠，就算不太甜，那汨汨的汁液冰到喉頭去，暑氣一下子全消。

現代家庭，冰箱是必要裝備，但在我的成長期，卻是孩子仰望的神奇物，我初次見識，就在父親的僱主家，父親當時任職家庭司機，負責接送老闆一家往返。記不清甚麼緣故，可能因為母親抱恙，兒女乏人看顧，某天午後，我依稀上過父親開工的汽車，還跟他去老闆家打招呼。米飯班主是何模樣，已沒印象，但為逗孩子歡喜，老闆從冰箱取出綠寶橙汁，我忸怩接過冰凍的汽水瓶身，霎時間透掌冰寒，馬上笑逐顏開。

五十年代家用冰箱既不普遍，吃冰西瓜就要大費周章。農村還比較簡單，把西瓜放下井去，吃時掀上來；若是城市人，得去街市買回兩磅碎冰，倒進水桶或手攜式冰袋裏去，再把西瓜置放其中，等它冰透。小時對冰袋西瓜充滿期盼，晚飯成了前奏，飯後吃西瓜才是主題。一桌擺滿切開的西瓜，家人或坐或站，吃得啜啜有聲，瓜核不停地吐，淡紅的汁液沿嘴角流下來，用手背豪放一擦，繼續進攻一隻隻扯起紅帆的綠船。

如今吃西瓜可文明多了，酒店自助餐或酒樓飯後果，把西瓜切成薄片，用小碟盛着，食客很有教養地用叉子慢吃，孩童時代手到拿來的饞嘴相，已不常見。這無疑乾淨衞生，卻又似乎太拘謹了，失去唇齒與西瓜肉搏的慘烈況味。一次去台灣旅行，某天走得身熱腿瘦，路過水果店，見西瓜、木瓜、蜜瓜一片片整齊放在小碟上，靜躺冰櫃中。為了消暑解渴，連忙進內抖歇，店員很快送來西瓜片與小膠叉，入店隨俗，竟也斯斯文文用上叉子，吃了兩碟拌鹽西瓜，補充水分。

儘管愛吃，一個夏天以來，也還是吃得有限，因為獨力難當大任。除了沒有食伴分擔，減低吃的興致，吃瓜吐核亦甚麻煩，幸而科研進步，農產品不斷改良，台灣無籽大紅西瓜面世，簡直成了完美品種，啖啖凍甜，少了瓜核阻滯，瓜肉可無障礙直下胃腸。

一九八一年夏天，我與朋友在吐魯番盆地參觀古城遺址，在攝氏四十多度高溫下，一天吃掉個半西瓜，喉頭還是乾乾的。最魔幻是旅遊車座位上，全坐滿西瓜，那是出發前，導遊囑咐每位團友，先從堆放路旁的西瓜山中，任挑一個上車，捧着西瓜去旅遊，真是新鮮的經歷。事後證明，受過沙漠強勁熱風和猛烈陽光蒸曬後，團員都頭頂冒煙，巴不得吃掉全車西瓜，帶西瓜出行，是為了降溫的需要。

想念

沙田火車站還是一座矮小的單幢建築時，偶爾也會與同學或家人，假日坐火車去作新界一日遊。當年車站外十分熱鬧，總有幾個小吃攤吸引遊人，我最常光顧的是炸蘿蔔絲油糍和炸蕃薯餅。

那時沙田墟市已發展多年，從正街到第四街規劃出五條街道，兩旁有食肆、商店、小電影院。樓房都是矮矮的，墟市外仍見村舍田疇，多少還帶有鄉郊風貌。我們閒逛沙田正街，又去參觀萬佛寺，照例在入寺山路旁的小店吃山水豆腐花。後來朋友工作的報館，有編輯又是書評家的同事卜居沙田道風山，我亦曾隨友探訪，只見石屋兩三間，四壁堆滿藏書，夏蟲眼界大開，只覺書香襲人。

七十年代初，轉職位處馬料水的教育機構後，我沒乘火車上班，改坐機構員工巴士，每天經過沙田，必然向火車站所在的那個方向張望，好趁車行途中，飛快一瞥屹立在火車站後方，一所紅瓦頂白牆身的二層高樓房，幻想剛搬家做「沙田友」的朋友，偶然會出現在天台晾曬衣服，或者抱着孩子看村居風景。

我曾到這房子作客，朋友夫婦帶着兩個女兒租住二樓，屋裏可聽到古老火車嗚嗚的鳴號，極喧鬧地在窗前戛然停住，擴音器一把語調急速的男聲，周而復始播出到站資訊。曾問朋友對於假期加倍熱鬧的火車站，以及定時而單調的廣播能否適應，她平和表示，暫時沒帶給她一家生活上任何不便，亦似乎不大介意電氣化火車通行以後，班次和廣播可能更準確而頻密。

自從新火車站落成啟用後，它高聳的牆身早已把朋友的居所整個遮擋，我再無法從車上捕捉它的形貌。其實，不論火車站建築是巍峨還是矮平，每早在風馳電掣的員工巴士上，固執地希望可以看見朋友的身影，實在沒甚麼道理，因為巴士高速行駛，沿路風景如急速翻過的書頁，是翻過了，卻不能看到甚麼。而且巴士每早總在八時三十五分前後經過沙田，依朋友的作息時間，她大概仍在屋裏處理家事，未出門去廣播道上班。近年電氣化火車投入服務，往九龍塘十分省時方便，她實在沒必要爬上長長的行人天橋，過對面公路乘坐巴士。換句話説，我若希冀朋友放棄火車，並在我車行經過那一刻，步下她家門前橫跨鐵路的天橋梯級，讓我湊巧見到她，那機會是微乎其微。

幾年以來，當員工巴士快到沙田火車站，我還是有意無意側頭望向車外左方，以防偶爾疏忽，錯過難得的一瞬。堅持終於得到回報，上星期五晨早，我果然瞥見一個熟悉的身影，低頭與小女兒邊談話邊步下天橋，巴士飛快馳去，那情景眼前只閃過十數秒，卻有一種難以言喻的滿足感。

風箏

某天下班時候，路過沙田一塊大空地，不遠處是建築地盤，幾十架單車在空地邊上列陣，因不是假日，又未到暑假，出租單車生意寥落，只有不多的幾個少年在黃土小路上騎車。這日常景象本來無甚新意，但那天卻教我眼前一亮，竟有人在空場放紙鷂。風箏在藍藍的天空下左右翻飛，當時風雖強勁，有一隻帶飄穗的「彩鳳」卻放得不高，可以清楚看見翅翼上對稱的圖案，顏色鮮明，長長的鳳尾隨風震顫。

本地風箏多有民族特色，設計講求巧思，從紮作到繪畫圖紋，師傅一手包辦，靠竹篾、紗紙條、漿糊、薄紙或絹，再加一卷放線連線轆，材料簡單，手工精妙。在紙紮店售賣的風箏，有各款人物、飛禽和魚獸，造型簡約奇趣，展示民間手作的智慧。就算沒空或者不懂放飛的竅門，買一個回家掛起，成了美麗的牆飾，也賞心悅目。

普通放個小風箏，屋邨球場、市肺公園，甚至家居騎樓亦可應付裕餘，但若想放大風箏，除了講足夠風力，還要講環境地利。市區高樓大廈多，萬一大風箏下墜，隨時傷人毀物，尤其要避開位處九龍城區的啟德機場，它的周邊範圍屬禁區，擾亂飛機航道更會觸犯法例。大風箏需幾個人合力，再加時來風送，才可順利上天，所以講究起來，放大風箏並不簡單，又要約定志同道合的朋友，遠走一趟郊外，臨場又要看風速風力技巧，勞心動眾，一年也放不上兩三回。

《紅樓夢》有描寫賈府眾姐妹在大觀園放風箏的情景，生動傳神，寫人的神態，也寫紙鷂的動態。曹雪芹另有書名《南鷂北鳶考工志》，內有圖文歌訣，專論風箏的紮、糊、繪、放，作者更在自序談及考工志的編製動機。曹氏友人傷足，家中食指浩繁，生計無着，登門借貸，曹氏認為非長久之計，特做風箏三四個贈他轉賣，得利甚厚，友人攜酒肉拜謝。曹氏有感，特把風箏紮作技藝彙集成書，「……以為今之有廢疾而無告者，謀其有以自養之道也。」

談風箏想起童年往事，哥哥和我曾在舊居騎樓趁風起鷂，雀躍之際，鷂線竟被也在對面天台放風箏的少年鎅斷，他用的是專門鎅鬥的玻璃鷂線，原本翻飛的紙鷂剎那墜落，不知去向，成了惡行的犧牲品。儲下零用錢，再去街口紙莊文具店買新的，回家路上又給街童強搶，奮力爭持後，紙裂心傷，哭哭啼啼拿着破鷂回家的情景，至今猶有餘恨。

海灘

香港的海灘，假日塞滿弄潮兒，近岸淺水地方插針難下，橫伸手腳，極易碰到人。長途跋涉，只能坐在熱沙上接受日曬，隔鄰泳客的四聲道手提收音機，轟響得人發暈，似這樣子自討苦吃，真無謂。而且以我的初階泳術，根本不用妄想出浮台，在那上面極目四周風光的愉悅，注定與我無緣。不過，從沙灘遠望，但見面積有限的浮台人頭湧湧，我倒情願躺臥沙上閒眺，就以這樣的理由，一次又一次寬慰自己。

我長這麼大，去海灘的次數不多，還是從前在大嶼山塘福與友人合租村屋時，周末去得較頻密，因房子就在海灘附近，隔一條公路與人家菜地，步行十多分鐘就到。大嶼山的海浪大，我當時固然沒膽量作海浴，記憶中我的朋友們亦不曾作過。朋友多在周末或長假期到訪，間中留宿，大多數清晨時候，我們會沿着淺灰色的海灘邊走，腳下平滑潮濕，從一頭慢走到另一頭，然後坐在岩石上看海、聊天、唱歌，直至太陽升到高處，熱力漸教人受不了，大伙兒才回去。我常常記得那塘福海灘，延綿的細沙分明見證我青年時期的一段生活，使我想起同遊的朋友，我們曾經如此親密嗎？彷彿夢中醒來，是經歷過，但又依稀不像真的。

少女十五二十時，初次面對感情挫敗，猶幸懂得拚盡全力，不讓自己倒下去，知道一旦掉進自毀的漩渦，便再也無力冒出頭來。在自強不息的過程中，雖然對大海心生懼怕，因兒時曾有灣仔海旁滑腳下海的悸怖經驗，但為了自我挑戰，就以海洋為假想敵，去西環鐘聲游泳場學游泳，努力重建信心。也許有人暗笑這有何難，但從懼怕到勉力接觸，到樂意參與，付出勇氣之大，外人未必明白。幸有這次應付逆境的經驗，幾年後再逢挑戰，且戰且退，咬咬牙終又挺過去了。

早前，帶着鐘聲游泳場學來的技術，第一次在南丫島下海，是雙腳離地的自由暢泳，每游幾分鐘就停下，腳踏浮沙回氣。肩頸以下切切實實被海水包容，只覺細沙磨擦着足踝，溫柔的淺浪去而又來，身輕步軟，感覺奇妙，流波與軟沙的魅力，非得要你置身其中，隨它律動，才能真確感受得到。

善忘

近年記憶力大不如前，早上記掛要辦的事，轉眼忘得一乾二淨。如果只關乎個人生活的瑣碎事，忘掉了還不至於得失朋友，或者砸破工作飯碗，最多搞亂原來計劃，增添自己麻煩。但因為善忘，連累朋友同事徒勞往返，費時失事，就算人家包涵，心裏還是不好過。

曾經答應一位同事，午飯代買三文治，去飯堂途中，想起下午請了事假，打算託人把三文治帶回，結果飯吃過，匆匆離開，把同事囑託置諸腦後。連着兩天星期六日例假，星期一上班，託買午餐的同事送來公事文件，隨便交談幾句。當他離開時，望着他的背影猛然醒覺三文治之託，不由得失聲大叫，同事停步轉身，鎮定回應，沒事沒事，那天他吃了餅乾充飢。我異常尷尬，遲來的道歉管甚麼用，同事先餓壞胃腸。

這以後，他如常託人買飯盒、三文治，卻不敢再託我了。

眼前事愈來愈容易忘記，物件隨手放好，便不再上心，經歷過的生活細節，幾天後印象模糊，又會忽然疑惑不久前收納的東西，到底放在何處。茫無頭緒之際，心胸立馬收緊，手腳無處安放，神經質似地四處亂翻，找不到則耿耿於懷，覺也睡不好。我喜歡家居整潔，物件各歸其位，照理不易丟失，就因為善忘，平白受困擾，浪費不少精神時間。

善忘再加神經質，更屬雙重困擾，難為朋友。去外地旅行，因為緊張護照錢包，不時摸腰包探揹袋，若雜物太多摸不着，即時心跳加速，熱血上頭，驚弓鳥似地把遊伴嚇個半死，而想當然的不幸卻沒有發生。一次出門廿餘天，旅途中苦思，不肯定離家前電飯煲是否斷了電源，無端生出洩電爆炸、家門盡毀的杞憂。有時外出，又會樓下折返，再三察看風扇、冷氣、爐火是否都關妥。

最離譜是一次去附近街市買牛肉，肉鋪客多忙亂，我亦心不在焉，以為已經付鈔，還想當然地等老闆找續，且覷個空提醒他。誰知回家後，發現銀包內錢幣不單沒少，反而增多，即時醒悟又是善忘惹來的煩惱。說實在的，當時並沒半點得了便宜的歡喜，反要趕緊下樓，把肉錢和強行得來的找續奉還。

停電

七十年代中，落戶一個有二十多年樓齡的屋邨，大部分住客隨着生活條件改善，家裏都安裝上空調，原有電力不勝負荷，大熱暑天，總有幾個晚上電力供應不穩，甚而中斷。四周立時烏燈黑火，家具雜物亦辨認不清，風扇停擺，屋內滴風難進，靜坐不動亦渾身黏濕，令人煩躁。鄰居隔戶呼應，交換情報，走廊傳來孩童摸黑興奮的嬉笑聲，小廳氣窗掩映着廊外微弱的燭光。

停電打擾正常作息，手上工作被迫擱下，人人無所事事，對無端多出的時間，不知如何打發。人性天生樂意親近光明，猝然跌坐黑暗之中，一切似乎難再把握，未免心裏虛慌。倏忽間親近的變得遙遠，連那貼近屋牆外、絮絮不休的婦人聒噪，也像來自另一世界的聲音。隨着時間過去，漆黑依然，原先焦躁的住客一籌莫展，唯有安靜下來。

為貪圖涼快，打開家居大門通風，對戶一個赤了上身的老伯，正搖着葵扇，挨在門閘邊與屋裏人談話。這時戶戶一般黑，本來很難看得清鄰居家室的實相和生活隱私，奈何心理上仍覺有被窺探的可能。我關上木門，搬一張藤櫈到騎樓閒坐，遙望被大樹半遮掩的屋邨入口，又百無聊賴注目周邊樓房黑洞似的窗戶，還有樓下的街道與球場。抬頭只見月暗星稀，我心如止水，冷靜自處，等待重放光明，再不似最初經歷停電時的張皇失措。

記得入住屋邨後不久，某個漫漫長夜，獨自在家，靜候歸人，想到世事空茫，到底徒勞，忽然就停電了。霎時錯覺身陷漆黑無底的深淵，焦灼難安，無來由起了恐慌，於是坐在床上放聲大哭，因為停電竟哭起來，實在是個笑話。這以後停電次數雖多，但知道只要順其自然，理性應對，電力遲早是會恢復的。

今夜又停電了，雷聲隆隆，從遠而近，天空一道道白光閃過，噼噼啪啪，汲取過往經驗，此時再也沒有恐懼，哪怕外面翻天覆地，風雨中躲在唯我獨享的一角小樓，彈箏練字，竟感到份外適然。

打風天

每年夏季，颱風總要來幾次，有時虎頭蛇尾，有時來勢洶洶。

記憶中經歷過的颱風，印象較深刻的是露絲與愛倫。多年前露絲過境，我住觀塘月華街集景樓中層單位，整晚強風不斷呼嘯，猛不防玻璃窗掉落街心，風雨灌室，顧不了兩架子書，狼狽撤退到房東的小客廳，席地不眠，一心念着可能已經蒙難的程十髮插圖《紅樓夢》。房間是三夾板造的間隔，強風竟把隔板逐吋移位，為防塌下傷人，房東夫婦再邀我避進他們睡房去。我們不敢靠窗坐卧，全擠坐地板上，大廈搖晃，像坐船一樣，然後電源中斷。身旁雖有人作伴，但黑暗中狂飆的風雨，依然深刻感受到心靈的懸宕與孤寂。

另一次是愛倫東襲，她開始人發雌威時正值深夜兩點，我在家看電視，見颶風信號改換成十字圖形，出現在熒屏左下角，天文台剛懸出十號颶風信號，愛倫沒改變路線，正在香港南面掠過。騎樓外風嘶雨狂，大門與廁所門被無定向風互扯得嘭嘭作響，花樹被徹底摧殘，枝幹大幅擺動，不時傳來玻璃碎裂聲與救護車淒厲的哀鳴。世界忽然變得混亂無情，使人難以安睡，幸而屋邨是長廊式八層樓高建築，扁平而矮，不致太招風。

那次愛倫到訪，我已作好心理準備，下班後趕買罐頭糧食和麵包。超市內人擠人，副食品和米麵被搶購一空，彷彿颶風會盤桓十天半月，又以為是大戰前夕，緊張氣氛把不少外國人嚇倒。市場的蔬菜肉價隨暴風信號調整，商販趁風哄抬，賺取額外利潤，只苦了因風停工停薪、百上加斤的小市民。

我還是孩子的時候，不識世道艱難，喜歡打風。父母對飲食有一套看法，若無逼不得已的理由，如饑荒戰亂生病，三餐必吃米飯，認為多吃雜糧不正氣。只有打風天，狂風驟雨下去街市不便，菜檔肉鋪亦未必營業，父親才破例在就近半掩門板的士多，買來一條枕頭麵包，夾上「三角嘜」茄汁沙甸魚或「地捫」茄汁焗黃豆，小兄妹吃得滋味無窮。現在罐頭魚牌子繁多，製法多樣，有橄欖油浸、紅辣椒拌，可我常時懷念的，還是兒時打風天，意外嘗到的焗黃豆和沙甸魚。

男為悅己者容

出於天性，女孩子較注重儀容，男孩子注意力多集中在新奇有趣的物事上，普遍不把打扮放第一位，不難看就是了。近幾年來，現象似乎有變，女孩子依然故我，男孩子呢，急起直追，再不甘落女流之後。街上櫥窗以至一切反光物體前，常見幾個少年心無旁鶩修飾儀容，神情專注，把喧騰的街道視作隱密的居室。男孩子注意打扮，本來好事，但若過分，變得婆媽姿整，便教人受不了。

從前在公共場所，戲院碼頭車站之類地方，男孩子三五成群，拍肩打手，説話動作都十足陽剛氣，但時下專注談論髮型衣飾的粉面少年，亦漸增多，見面時評頭品足，儼然有一套大學問。潮流到底不同了，昔日少年千方百計問家人要零用錢，為買漫畫玩具，或與同學看一場電影，很少為衣著裝扮打父母的主意。剪一個平頭裝，自然散發青春活力，不似如今部分少年人，對反光物體趨之若鶩，隨時顧盼，整裝修容，過早失去應有的本色天真。

地鐵車廂見過一個十三四歲少年，穿寬鬆棉布白上衣，淺灰窄腳蘿蔔褲，褲管側的小腿位置有個插梳用的明袋，腳踏名牌波鞋。頭髮從頸後向上剷青，只剩短短的髮根，差不多剷至髮頂，又變陣留長剪成花旗頭，從側面看，彷佛一個上凸下凹的懸崖峭壁。依我看，他頂上濃髮早已梳得一絲不亂，全沒再加整理的必要，但從中環到旺角，他一直站在車門前，分分鐘乜斜着眼看玻璃門上的反影，左梳一下，右攏一下，再用五指酌情梳攏梳攏，把小梳從褲管側的明袋放進抽出無數次，又拉拉棉布衣，看看後褲管，完全自得其樂。如有乘客礙他視線，即兩旁走位，或者索性轉向另一面「穿衣鏡」。

車廂少年除了本尊，對周邊事物毫無興趣，相信亦不會在意我這個全程盯着他看的閒人，他那種全情投入，幾近宗教儀式。這類「水仙情結」型男子，最重要是自我感覺歡喜，他們「為悅己者容」，並不單純為愛慕自己的異性而打扮，更多是為了自戀。

塑料花燈

中秋夜晚飯後，沿街漫步，屋邨的空場與波地，都是提花燈的人，剛學步的小兒，也由爺爺幫手拿着個塑料燈籠，開始人生的第一個提燈夜。

隨着民生經濟改善，生活所需不虞匱乏，連孩子的玩具都繁複多樣，但私心以為總不及我兒時玩具，簡單得來有意思。五十年代低下階層收入微薄，父母根本沒閒錢為兒女買玩具，家中「小天才」多是廢物利用，動腦筋自創小玩意。但如今物質豐富，隨手買來昂貴的合金超人，或用無線遙控器操縱跑車汽船，十天半月就玩膩了，成天只悶按着開關掣，孩子的想像力無從發揮。

新時代的玩具設計大都機械化，商家配合宣傳，成品持續推出市場，孩子對新奇玩意沒甚麼定力，見鄰居同伴擁有，心想也要一個，家長愛孩子，經濟條件也沒我們父母那個年代拮据，於是，生意人得其所哉。多數家庭屋裏堆滿機關失靈或久弄生厭的玩具，孩子們的品性和創意卻沒得到多少提升與啟發。

就說中秋花燈吧，忽然成了塑料燈籠的世界，任憑風大雨大，表面淋濕了，小燈泡無恙，依然亮着。孩子無須像照顧紙燈籠那樣全心呵護，不給洋燭熄滅的責任感亦同時消失。當然洋蠟燒完，提着個不亮的燈籠獨站街心，看着別人提燈搖動時的火光點點，那種失落情緒也不會再有了。塑料花燈可提着到處跑，隨便放，反正不會熄滅，不會燒毀，明年更可重複使用，東西耐用固然好，卻吊詭地使孩子對下一個中秋少了期盼。

傳統燈籠用竹紮紙糊，有紮作人的技巧和心思，又因材質易破，火險奇高，孩子們小心翼翼，懂得珍惜。高小上勞作課，若近端午，老師教做木片龍舟，若近中秋，教紮作楊桃燈籠。同學們各自挑着或長扁或圓鼓或大或小的楊桃花燈，放學回家，一條街喜氣熱鬧，很有榮耀感，比跟父親去紙紮店買走馬燈的那種快樂，更勝一籌，因為楊桃燈是自己手工。

小時過中秋，有人發揮創意，用扳開四瓣的柚子皮作燈，每瓣柚皮尖端穿孔用來懸繩，四條繩尾結連一頭，用竹枝整個挑起，柚皮內底插上蠟燭，皮瓣分別剔空自創的圖案，四面透光。孩子們提着獨家柚皮燈，踩着單塊柚皮和麻繩自製的東洋拖鞋，叭叭叭穿街過巷，玩鬧間可能繩甩鞋破，就索性赤腳，登龍街上燈籠處處，是我見過的最佳中秋景色。

餅店

集團經營的連鎖餅店最初出現的時候，家庭式糕餅鋪大都招架乏力，與它的難兄雜貨鋪一樣，不得不在連鎖餅店與超級市場的夾縫中求存。孩子勢利喜新，見親戚送禮，餅盒印着普通餐廳冰室的名字，一臉淡漠，對不識流行餅店的訪客，提不起勁敷衍。新興西餅連鎖集團財力雄厚，壟斷市場，推銷婚嫁喜慶的餅卡不遺餘力，近今通衢大道，有兩個品牌的西餅店，錯落出現，競爭熱烈，小本經營的街坊餅店退避三舍。

從前街坊糕餅店，兼賣中西餅食，除了焗製西餅，還努力發揚國粹，供應老婆餅、雞仔餅、光酥餅、雞蛋糕、合桃酥、香蕉糕等廣式餅飴，中秋更推出各式月餅，過年製作油角煎堆。晨早下午例有麵包蛋糕出爐，滿街香氣，黑色焗餅盤層層架高，蛋撻、椰撻、奶油捲筒、菠蘿包、十字包、芝麻餐包、椰絲奶油包等等，西餅兩毫一件，麵包毫半兩個，是家庭早餐和孩子的下午茶點。

鵝頸橋街市有「如英學校」，是找上幼兒課的啟蒙地。校方為學生開生日會，同月出生的小朋友各帶生日蛋糕回校，合請同學。一次輪到我有份做主角，苦纏父親要買蛋糕，又哭又跳，父親覺為難，但翌日上學前，仍帶我去軒尼詩道利記餅家。當年普羅勞工月賺不過幾十塊，生日蛋糕標價八元，屬奢侈品，高圓的餅盒，標誌孩子的虛榮心。我清楚記得父親掏錢時的猶豫，今日回想，他可能正為怎樣填補額外八塊錢的花銷而傷腦筋，幼時任性，確增添父母不少煩惱。

每年中秋前，利記餅家與其他稍具規模的餅店，都在鋪前行人道高吊一個專演公仔戲的長方型大木箱。放學後去看不同餅店的公仔戲，耳聽叮咚鑼鼓響，是一種樂趣，看過的有「鯉魚精」、「嫦娥奔月」和「水漫金山」等等。母親每年做月餅會，分期供款，自用送禮，餅鋪為酬謝街坊，利用做餅的粉頭粉尾，烘成小巧的豬型餅，以塑料或竹製的豬籠裝着，小豬籠有提繩，籠身纏幾朵彩花，講究的籠底還吊着粉色絲穗，是孩子們的額外玩物。

母親多在節前挑一個假日，帶我和哥哥去利記領月餅。店裏擠滿顧客，母親耐心等候店員招呼，我站鋪外行人道，舉頭觀看懸空的公仔戲舞台，旌旗彩帶，金碧輝煌，重複看了幾次「三英戰呂布」，才見母親提餅出來。哥哥上前接手，母子各挽一個牛皮紙抽，分別裝着幾盒蛋黃蓮蓉和五仁火腿月餅，我幫不上忙，緊步尾隨母親和哥哥，一心掛望紙抽中的豬籠餅，快樂地回家。

手絹

小時女同學互送禮物，喜歡送染了顏色，又薄得透明的葉片書籤，或者波浪綑邊的白棉手絹，年年如是，送的與受的也不覺厭煩，反正書籤會破損，手絹會丟失，再收新書籤和手絹，顏色圖案大不同，一樣有新鮮感。

乾淨手帕是媽媽與孩子的驕傲，初小上課前，先把給母親修剪過的十個小指頭，攤放書桌上，旁邊放一方摺疊得整齊的手帕，讓老師檢查。指甲鑲黑邊，手絹通常皺成一團的同學，老師多數會在他們的手冊蓋印，是當天「黑豬印」的得主。有同學得了黑印，淚眼汪汪，年紀小小知道並不光彩，但也有同學趕快闔上手冊，若無其事，慶幸學校要見家長的黑豬數目，仍未達標。

從小學至初中，因為好玩心散，手帕通常忘了放在甚麼地方，每次等母親洗衣服問起，才知道又丟了，當然要捱幾句罵。母親習慣用手帕，加上有一個冒失女兒，要不時補充存貨，因而常趁買菜之便，蹲在鵝頸橋頭地攤選購。一塊錢三條，母親挑，我也挑，每次只買三條，攤販用發黃的舊報紙包着，捲得像條小棒子，回家收藏好，不到舊的全報銷，或喜慶節日見親戚，不會登場。

從前出門備手絹，就像拿錢包一樣必需，校服裙的腰帶，常掛着一方摺成長條型的手帕，有時無故被男生取笑，女孩子面皮薄，把手絹擰來扭去，轉移尷尬。小息時活力充沛的同學，似甩繩馬騮，奔跑追逐得臉紅身熱後，用手絹在水龍頭下洗把臉，涼快涼快；靜態斯文的，又可用手帕摺疊成布玩物，甚麼香蕉、老鼠、軟帽，幾個女同學玩得不亦樂乎。

老式人愛用手帕包銀紙，我看見過母親把手絹包好的鈔票密密收藏，似乎不這樣做就沒有安全感，不過，我卻曾糊塗地把「安全感」扔進垃圾桶，結果捱了半個月沒零錢花的日子。一次路過銅鑼灣京華戲院，見行人道有廢紙箱，為了做好市民，隨手把拿着的廢紙扔進去，事後發覺原來搞混了左右手拿的東西，錯扔掉包着兩張五圓紙幣的手帕。當時為甚麼一手拿廢紙，一手拿銀紙在街上走呢，有點莫名其妙，摸不着頭腦。

香味紙巾流行以後，再不時興用手絹了，新產品以「隨用隨丟，慳水慳力，乾淨衛生」作宣傳，打動一眾紳士淑女的心，從此美麗的抽紗、刺繡、印花和素淨的各式手絹，漸少人用，唯有長埋抽屜底，隨時日褪色。

書房

閒時雖也喜歡閱讀，為趣味與好奇追尋知識，但絕非卷不離手的書癡，吃喝玩樂的慾望，常時戰勝看書的興致；廢寢忘餐、寒窗發憤的經驗除了兩次會考，便不曾有過。成為上班族後，更極少跑圖書館，反而讀中學時，常跟同學去中環大會堂，享受圖書館的冷氣和寧靜。那年代坐在闊大木桌前翻開書本，做學校功課，或者隨意在分類齊整的書架上，抽幾本小說散文瀏覽，有時神疲眼倦，伏桌小睡，有時漫無目的，東張西望，等天星碼頭笨鐘敲五下，收拾隨身物品，回家報稱下午泡過圖書館。

後來在我工作的學府，有幾所圖書館，考試前後，成了學生的大眾書房，去晚了佔不到位置的同學，為避開宿舍和飯堂的喧鬧，坐在校園建築物的石階或門廊下，就住淡黃的路燈苦讀。考試一完，圖書館入座率劇降，同學或回老家，或去旅行，或做兼職，當然也有部分學生善用圖書館功能，鑽研學問，寫論文、交功課、上網、影印不一而足。

事實上，緊張的考試期過後，同學忙於參與校內各式活動，處理私人事務，並不太熱衷去圖書館，嘆空調除外，書架上許多書的書脊書邊依然簇新，少人翻過。硬體與軟體均設備一流的圖書館，不用可惜，我在公餘或假期，就在學校圖書館寫過幾篇小說。香港學生其實十分幸福，在民生經濟較落後的國家或地區，學生在沒有空調的圖書館啃書，隨時揮汗如雨，他們起早霸位，摸黑離開，把堅持讀書當作一件大功業，認真看待。

前些時間逛台北孔廟，這所在大龍峒老街的建築莊嚴樸實，參照山東曲阜本廟格局，雕飾帶閩南風。從側門進入，轉過萬仞宮牆，見花園的古榕下，老人婦孺乘涼閒話。大成殿供奉至聖先師，邊廂展出有關孔子生平和杏壇講學的故事，另還設置專事編纂書籍的文化部門。遊目四顧，發現有一間大書房，十幾個孩子安靜地讀書寫字，非常自律，似乎知道書房是個莊嚴的地方。

泮橋蓮渚，疏樹庭園，孔廟隱含古樸書香，孩子坐在素木沉穩的書桌前，喃喃誦唸，又手握含墨飽滿的毛筆，專注臨摹，那書聲與墨痕彷彿由春秋至今，一脈相承，不曾斷過。

老爺車與司機

出版社為了安置存書，在馬料水赤泥坪村租下小單位，六七千本書終有個安身所。搬書那天早晨，日色昏暗，為怕天氣惡化，希望快快成行，盡量避免驟雨把存書弄濕。但小貨車租錢談不妥，負責街外洽談車租的朋友，唯有另找價錢相宜的，二十分鐘後，他隨車而至，租金一百八十大元，合乎經濟原則。

各人有了默契，馬上效法陶侃搬磚，把一包包存書和幾件家具雜物搬到車上去。一切停當，朋友們隨車出發，以為緊跟作戰方略，在既定路線迂迴前進，不消兩個多小時，應可搬妥，結果十二時四十分出車，要到四時三十分才卸貨完畢，期間天不造美，偏在搬書入村時，灑落綿密細雨。

花了四個多小時才完成任務，因為要去慷慨贈物的友人家，收集桌椅、身歷聲音響之類，最要命是驅車入錦田搬雪櫃。雪櫃是新書屋的靈魂，沒有它便沒有凍啤酒，白酒也無從冰鎮。酒不冰，朋友心腸難熱，對聚會氣氛有難以補救的遺憾，所以遠至錦田，亦不能不去。於是兵分兩路，部分人留在大埔公路近村口處搬書，我與另一位朋友跟車往錦田。我們大失時間預算，除因天雨阻滯，車行速度減慢，實在與那輛車租一百八十元的貨車和年長司機，有莫大關係。

司機是老練的，這無須懷疑，否則也不可能駕馭這輛周身毛病的小貨車，馳騁新界，而且居然還做嚮導，從容介紹沿途風光。我暗中思忖，怪不得收費比市價低，原來謀生工具是這副德性，馬力不夠，固然不用說了，馱負一車子書，一二波上斜如牽牛，又會自動跳空波，一副桀驁不馴的樣子，呔盤要用力握實，否則不時會大幅偏向，咪錶指針永遠停在零的位置。我們坐在後面，非常缺乏安全感，車慢不打緊，安全要第一，唯有強自鎮定，往好處想，車費連導遊費全包，真是相宜不過。

老練司機駕着殘車談笑自若，隨手指示路過的圍村或建築，大講村屋傳奇，有時更忘形地手離呔盤，座上客不由得心驚膽跳。他剪了個陸軍裝，滿頭刺蝟白髮，職業性地左顧右盼，動作來得誇大，偶然講幾句時聞，談興甚濃。小貨車路上慢行，事實上人與車同老，急也急不來，他漫看周圍風景，任其他車輛不時按號超前，不毛不躁，自得其樂。

睡夢

有人隨時隨地睡覺，疲倦時連站着也從容會周公，打盹十分鐘，睜開眼馬上精神奕奕，教人羡慕。與朋友坐長途火車旅行，見大部分乘客配合車行律動，沉沉睡去，都以為回歸嬰孩的搖籃期，要到站車停，才惺忪抬一抬眼，車一開行，極速再入夢鄉。我適得其反，車停才能睡，車開後轟隆不斷，吵得心煩，根本無法入眠。

有一段時日，嚴重精神衰弱，視睡覺為畏途，丁點兒聲響也可以驀地驚醒。入睡時間斷斷續續，每天睡眠不足，老覺精神委靡，做事沒勁。長此以往不是辦法，後來改變策略，索性不把它當回事，放棄刻意上床，隨意想睡便睡，果然慢慢有轉機。現在入睡倒不太難，只要沒有持續噪音，睡前避免情緒波動，上床後心數綿羊，幫助腦袋清空，如此多方配合，一覺到天明的滿足感仍有望達致。失眠難題解決了，卻又無事生事，牽引出因睡眠而來的新問題，就是噩夢連場。

常時亂夢頻發，一個接一個或者重疊，人物場景搞不清，總之荒誕。最近夢見兩架泥頭車，從靠岸的躉船掉下海，同時彷彿置身人擠的屋子，玻璃窗外是蔚藍的海，一條躉船靜泊碼頭邊，正與友人閒話間，忽然就瞥見兩架大型泥頭車，自躉船徐徐滑下海去，我怵目一驚，指着窗外反覆對朋友講，夢中曾見這個場面，激動得醒過來，黑暗中思量，原來又是一個夢中夢。

從前因為心緒不寧而多夢，還可以講得通，近來我是心廣體胖，也沒有承受不來的精神壓力，生活雖有時難得如意，可不至於五內愁困，一夜白頭，但夢仍是不歇地來，大抵找個會詳夢的人解一解，或有意想不到的預示。

每次醒來如不立即細味夢境，洗把臉就會忘得一乾二淨，所以，賴床不起也有好處，舒腰伸體之餘，既可想一下當天要辦的事，又可重溫昨夜碎夢。今年盂蘭節，曾去青松觀祭祖先、拜母親，當夜就在夢中見她微笑，翌晨醒來心生歡喜，情緒大好。

性格

性格天生，長這麼大歲數，還是沒辦法把火躁的脾性收斂下來。我其實不喜歡事事沉不住氣，稜角外露，容易被人知深淺。但性情溫吞，無冷無熱，任由搓圓按扁，糯米粉一樣，雖少機會得罪人，又實在太沒性格，跟這類朋友來往，老覺不踏實，猜不透他們究竟怎麼想。脾氣魯倔火爆，看來欠缺涵養，但過於謹小慎微，亦教人難耐，最好能夠得理留三分，遇事敢當頭，這樣的人難得。

我喜歡性情爽直、說話不轉彎抹角的人，最怕朋友談話間，表面似無心閒議，實則對你處理某件事情的看法或做法，不敢苟同，但怕傷感情，意見藏心底，多年後終歸憋不住，乘機借題發揮，意在言外。我愚笨但敏感，馬上聽出話中有話，除剎那感到不快，亦訝異朋友的不坦白。與人交往，最怕受委屈被誤解，有意見最好講清楚，若是誤會，即時釋前嫌，若矛盾不大，可權宜妥協，若冰火相違，有利摸清底線，彼此溝通心誠坦蕩，不難猜疑減少，友情永固。

每人都有自己一套做人道理，話不投機，行為礙眼，不合一己價值觀，只好少來往，不傷神亦易辦。最無奈不喜歡自己性格，但生而為人，既無法請造物主回收再造，又知道就算努力修為，仍是品性難移，唯有接受本真。人在職場，為了順利解決公事，有時也勉為其難，與同事配合，或者上司指派任務，心底不以為然，亦唯有照辦。但若由老闆牽頭搞公餘聚會或飯局，倒未必會湊興，認為下班後屬私人時間，有社交自由，同事卻大都樂意參與，且常取笑我這樣不識抬舉，如果在商業機構工作，一定「冇運行」。

經歲月重塑，自問性情已較青澀成長期和順得多，十八廿二時的反叛、焦躁與漠然，後來相交的同事和朋友實在難以想像。七十年代初，我有兩三篇小文在一份雙周刊發表，文字冷肅，情感虛無，是我早年幼稚輕狂的字證。

不久前去澳門遊玩，路過專賣杏仁餅、豬肉乾的手信街，女店員手托一盤剪成小塊的豬肉乾，用剪刀尖夾起，擋在身前，以為我會順手接過，可我無意領情，無論側身避去右方或左方，她馬上相應移步，擋住去路。店員鍥而不捨，語帶挑釁問：「請你嗝，都唔食？」我被攔路得無名火起，悻悻然回應：「唔食，請就要食㗎嗱！」事後想，霸道的促銷手法可能是店鋪方針，店員打工，不得不落力表現，為這樣小事勞氣，實在無謂。

隨和當然好，但涵養不夠，未能經常做到。與人爭拗，若道理在我方，自然據理力爭，對方為自保，亦賈餘勇反撲，結果火星撞地球，鬧得不可開交。明知愈火爆愈不能冷靜處事，問題不單沒好好解決，反先氣得血壓升高，分明與自己健康過不去。也許要等到年紀大，閱歷多，見盡浮華以後，才可達到放自在、收心火的境界。

過分

脾性使然，我對處理某些事情的態度，有時未免過於認真，反顯得做過了頭，結果不見得圓滿。但凡做事，以至玩樂，恰到好處就好，過分了自然弄巧反拙，或者樂極生悲。靜下來的時候，雖也自我反省，但事到臨頭，卻又無法自控，不由得暗生悶氣。

當一件事情或者任務還在發展階段，局面仍未明朗，我先就開始擔心，無聊地設想各種「出軌」的可能。事實上，天意弄人，往往不會依你原先的設想行進，事情要不是順利開展，你的幾手準備全部落空，要不就是另闢一條估算不到的岔路，殺你個措手不及。本來做事有萬一出錯的心理預期，總是好的，但客觀情況不由你操控，所以過分憂慮，過分周到，過分安排，並不真能使效果更好更穩妥，反增添個人不必要的煩擾。

經事長智，我常告誡自己凡事不可操之過急，除了深交的朋友可予以體諒，其他人未必理解你的脾性。譬如一件有時限的公事擺在眼前，以為快馬加鞭趕出來，偏偏共事者並不一定與你同步，雖然船到橋頭自然直，無論團隊的個別成員是閒散或急躁，公事始終會在死線前完成。但過程中性子急躁，難免在說話和行為上容易得罪人，影響了人際關係，實始料不及。凡事不經心，予人感覺懶怠，沒有責任感，投入得太過，又不自覺板正嚴肅，背地或招來難聽的諷刺與批評，可見中庸之道，拿捏得好，是門大學問。

人管不住一己心性精神，本無可厚非，畢竟半由天生，半歸後天修為，可我連自己肉身都管不住，希企手腳自由舒展也間中有難度，這可不是說笑。毛病就出在「過分」這兩字上頭。床上伸懶腰，與生俱來的經驗是，四肢愈向外伸張，懶腰伸得愈舒服，豈料貪圖舒服的同時，力度過分，腳趾頭瞬間抽筋，動彈不得，只能繼續蹬腳抗衡，再加輕輕按摩，直至筋絡的緊張得到緩解。

前幾年寄情運動，發奮練球，倒似有無窮精力，每星期跟同事在中大校園打兩次網球，兩次羽毛球。有時網球完了，渾身汗水，索性淋浴間沖身後，跳入泳池，我是泳術幼兒班，只挨在池邊游兩下，為貪圖池水涼快。其實，我的球技亦停留在初級階段，一味用力，過分蠻幹，腦筋又不靈活，不習慣因球制宜，把網球和羽毛球的打法搞混了。用手腕力的羽毛球技，乘我不備，間中跑到主要用臂力的網球上去，冷不防對方勁球一來，震傷腕筋；又因球拍死力握得太緊，一場對打下來，右手掌肉會疼痛兩日。

後遺症是右手腕運動過量，積下損患，再加一次在街邊截計程車，因趕時間，心急替下車的乘客開車門，雙方同時伸手，誰知對方推門過猛，無情力一撞，腕傷當場痛入心脾，漸漸連拿水杯碗筷都手軟無力。結果去醫院動了個小手術，把發炎的筋膜剪除，留下淡淡的一吋疤痕。日後固然不敢打球，但一下子缺乏運動，身體又顯得過分地發福了。

補品

入秋以來，恭候大閘蟹上市，盼與朋友溫熱「加飯」酒，拆食蟹黃，享受過幾次豐美的蟹宴後，湖蟹收成期也就接近尾聲。深秋漸去，早晚開始溫差較大，風乾物燥之時，等冷鋒一到，氣溫驟降，馬上就要入冬了。冬前大閘蟹是我最期待的一道美食，牠為即將到來的寒凍天氣，掀起食療補身的序幕。

古人說不時不食，夏天吃補品，過於燥熱，尤其血氣火旺的人更不宜。冬天進補，先不管有益無益，吃了身子暖，冷風一吹，手腳不凍，面頰紅紅，反倒精神一振。平常進補的滋陰湯水，多用家禽與藥材同煮或燉，如雞、鴿和瘦肉，過於古靈精怪的食材和殘忍吃法，甚麼穿山甲、果子狸、山瑞鱉，甚麼活吃魚、活吃猴子腦，感知上難接受。

八一年新疆旅行，團餐安排淺嘗高山鹿肉，可能吃不慣，感覺肉質較韌，若以廣東煮羊肉的法子烹調，風味可能不同。廣東人用大量薑葱，辟除羊肉腥羶，伴南乳或柱侯醬爆香，再加大白蘿蔔齊煮，蘿蔔吸了肉汁，一羶一素，調和得宜，既可暖胃補身，亦是佐酒佳餚。兒時冬天，母親也會炆羊腩佐飯，家製羊腩煲的配料，除白蘿蔔，還有馬蹄、枝竹，孩子用柱侯肉汁淘飯，滋味無窮。

以為自己有吃羊肉的經驗，各式羊類食制對我來説，應無問題，誰知旅行途中，除了可選七八種調味醬料蘸伴着吃的涮羊肉鍋外，羊肉包子已是底線，其餘羊奶、羊湯，尤其羊肉湯，仍未捧出廚房，陣陣羶騷氣已直撲飯堂，多數團友招架不住。至於酒店供應的羊肥皂，更加不敢試，朋友用來洗頭，惹得一身騷，為了不使同桌吃飯的遊伴們難受，結果回客房重新洗過。

冬天進補，除羊以外，還有蛇，湯鍋內的材料都是一條條，至於哪條是瘦肉絲，哪條是蛇絲，驟看也難分辨。老家曾弄蛇羹，廚房爐火不斷，熬煮老雞作湯底，選上等陳皮、木耳，冬菇絲，加適量藕粉調煮，切忌把蛇湯弄得過稀或過稠。拆蛇肉甚講功夫，亦花時間，大人齊坐板櫈拆蛇絲，忙碌弄個大半天。我看見一枱蛇肉非常害怕，坐得老遠，後來在二嫂慫恿下，硬着頭皮吃了兩口，只覺蛇肉隨湯水，從食道漫游入腹地，初嘗怪怪的，過後又感覺類近魚翅羹，從此冬季與同事朋友共赴蛇宴，持續許多年。

父親老年失聰，不知從哪兒聽來的獨步單方，每天和酒生吞一副蛇膽，管保耳聰目明，於是老父跟蛇鋪打交道，店主天天供貨，吃了一年半載，不知是否心理作用，頗見功效，算是民間食療的其中一個偏方吧。

沙田的霧

每天乘機構員工巴士上班，車行大埔公路，途經石梨貝水塘，樹杪屋角間偶現半塘水影，又見路旁聚合三五獮猴，搶食嬉戲。路面斜度不高，彎位和緩，車行大致平穩，是一段建構得不錯的公路。經過沙田谷，下面一大片平坦土地，測量氣象的大氣球，懸在山頭之間的鋼纜上，車中平視，可以看見它們圓鼓鼓的身影，幾乎與路面平行。

隨着新屋邨落成，沙田愈來愈現代化，為了讓路新建的房屋，樹木自然砍伐得不少。谷下平原，柏油路筆直縱橫，橘黃的霧燈一長排伸展過去，看不見盡頭。紅梅谷望夫化石的婦人，堅定屹立山上，背負孩子，遠望河谷，姿態亙古不變。沙田儘管面目漸非，現代化浪潮靜靜捲去舊時物事，但自沙田谷盤旋上升的霧，暫時未受影響，谷底雲飄霧湧，豁然展露，大自然魔力不易被人為扳倒。

為轉換居住環境，亦為上班省時，曾在沙田下禾輋龍鳳台，租村屋住了幾年。晨早天台閒眺，遠山與沙田海泛起層層薄霧，迷漫的時候，連公路也遮斷。高高的白楊樹在屋旁霧裏伸展，一陣濡濕清涼泛濫到小小的天台，盆栽上的葉片還附着水珠，如果貪圖涼快，天台抖睡，醒來管保一頭濕。長輩常說毒蛇才打霧，不喜人在野地屋外睡覺，恐年紀大了，有風濕和頭痛。

我怕蛇蟲鼠蟻，絕不會在天台打霧，卻喜歡看晨光在霧裏掙扎，光華射落海面，金光泛泛，山影沉沉，輪廓的邊線毛毛地渾化開去。曾去參觀名家攝影展，以沙田的霧為主題，可能感情先行，看時份外親切。有一幅展品，照片中的灰霧與陽光，在參天大樹間散漏交纏，我喜歡那構圖和光線，但不曉得那茂林究竟在沙田甚麼地方。

前些時去龍華酒家晚飯，就在下禾輋村，位處山坡斜路中段，周圍是矮矮的平房，火車頻繁在村路旁的鐵絲網外駛過。酒家居高臨下，本來可遠望公路、沙田海和馬鞍山的天然景色，但當夜極目看到的，只是數個高樓聳立的大型屋邨，車流不斷，部分山脊線已被建築物割切，霧靄下的水光山色，似難復現。

某天清晨，當員工巴士駛經大埔公路地龍口一段，裊裊薄霧從谷底飄升，一陣陣飄過來又盪開去，在山樹樓房之間周旋。山下平原全被雲霧遮閉，空氣非常潮濕，巴士衝開霧幛，山路上疾走，看見車窗外迷霧飄渺，禁不住歡喜，彷佛又與老朋友打個照面。

郵政

國際間的郵政服務發展成熟，予人種種通訊上的方便，普通航空信件快則十天八日，遲則半月收到，如沒有特殊原因，譬如戰火、監控或地址錯誤，郵件絕少石沉大海。此外還有各式增值服務，諸如特快專遞、航空快郵等等，更是安全便捷。現代交通發達，朝發夕至，各國郵政緊密合作，今人不用再像古時百姓翹首以待，長年累月等來自遠方的家書。不過，由於太方便，也慢慢失去期待親友來信的熱切感，信來了，看完隨手擺放，反正寄收信件都容易，隔不多久，下一封又自海外飛來。家書抵萬金的年代已經過去，也許情書例外，熱戀男女還隆而重之為情信編號。

現今傳訊科技日新月異，有甚麼話留待電話裏説，省下時間紙筆，若嫌長途電話費不便宜，又可發電郵，直捷了當，彈指間送抵目的地。這樣一來，以效率取勝的免費電郵成為通訊主流，內容傾向言簡意賅，只談業務的固然閒話不說，就算跟朋友互通音問，亦少喋喋，若有未盡之言，電郵隨時可發，不似舊時要特為寄信出門。

讀古典詩詞，閨人盼望遠方征人來信，那種無盡空虛的等待，成了詩人筆下的浪漫詩篇。中國古代，在家書和公文的傳遞過程中，衍生不少典故、傳說及戲曲片段。古時郵政，驛馬飛傳，一站一站靠的是驛夫和快馬，由萬里關外送抵中原，沿途艱難險阻，若不幸遇上瘟疫、天災、戰火、盜賊，郵件散失極平常。千古以來，就有等信等老了紅顏，等死了高堂白髮之類的文學描述，不管是否徒勞，就一心一意等下去，古人早把等待昇華，是後世西方畀陀的中國式體現。

某天彌敦道上遇見一位郵差先生，背上郵袋壓得腰歪身墜，腋下還夾着大疊印刷品，在熙來攘往的行人道左穿右插，趕趁一輛剛到站的巴士。郵差職責所在，無論天寒暑熱，總得揹起超重的郵袋挨樓派信，看他汗透制服，踏步上車的勤快身影，只覺生涯不易，有一陣無言感激。

寫信

朋友外國回來，電話裏劈頭第一句就抱怨我沒給她回信。收她的信少說也有兩年了，因為疏懶，直至她回港前一個月，才不知哪來的動力，急急回了一信，可惜她沒收到，敢情是歸人與回信在途程中互相錯失。

年少時勤於寫信，有朋友遠走意大利，我常時提筆把生活上的瑣瑣碎碎，不怕人煩地寫完又寫。現在卻難得有這樣的心情，人長大了，明白要為朋友着想，不能任性，肆無忌憚攤開自己的煩惱，妄顧對方也有難處，既幫不上忙，還累朋友擔掛，對人對己都沒好處。信雖然少寫，但有時受了觸動，往昔共聚的韶光隱隱浮現，憶念反而更深。

有段日子喜歡把剛收到的朋友來信，放手袋或揹包，得空時反覆細讀。不止一次告訴朋友，愛讀她們的來信，雖沒一一回覆，但請別生氣，那並不表示不關情，只是面對空白信紙時，千言萬語，不知從何說起。有朋友在寫給其他人的信上講，所有該給她回信的朋友，都收到了，唯獨缺了我，猜想我一定生活得愜意愉快。

朋友圈中每當有人熱戀，久不露面，就會被取笑重色輕友，生活愉快就會忘了朋友這種說法，就跟熱戀男女眼底無人，只有對方的意思差不多。我找不到充分理由自辯，只知道生活重重複複，大家都在踏實過日子，苦樂平常，寵辱不驚，無所謂愉不愉快。由從前勤於寫信，到今天只收少回，完全是懶慢所致，與生活是否愜意無關。雖然免累朋友掛心，間中也有執筆回信，但總覺通過文字傳意，只能談及事情表象，講不到重點，或者都是尋常問候，少觸及內心深處。

我喜歡與朋友面對面傾談，從對方的眼睛和微細的表情，立時捕捉反應，了解他們的心事，拉近彼此距離。可惜朋友大多遠在海外，見面不易，迫不得已才寫信。我常想着把他們的居留地編入行程，將來或可在旅途中逐一探望，能夠分別在美加歐澳聚首共話，必然比有時間落差的信件往還，實時貼心得多。

其言也善

有個說法，人離世前多說真心話，連十惡不赦的大壞蛋，有悔或無悔，也會一彈梟雄淚，這大抵只是出於好人的忠厚願望，選擇相信人性本善。一九五九年就有一宗「三狼」綁票案，「狼」指的是匪徒，擄人勒索，殺害事主，還牽涉另一宗殺人案，其後三狼全部落網。主腦行繯首死刑前毫無悔意，大有十八年後又是一條好漢的意味，反正滿手鮮血，從沒奢望上天堂，索性惡魔做到底。

這樣死不悔改、視人命如草芥的邪惡分子，還幸不是多數。從前任職社會福利署，哪怕吸白粉、偷搶騙的罪犯，或者酗酒失業、打人生事的惡棍，只要福利署的社工同事，以親切關懷的態度分析利害，曉以大義，他們頭顱多半愈控愈低，聲音愈來愈小，觸及傷心處更止不住流淚。罪犯也是人，品性天生，各有不同的遭際和命運，長期生活在罪惡底層，既不懂自處和如何關愛他人，也不曉得怎樣擺脫控制他的惡勢力，亦無法驅走蠢蠢欲動的犯罪基因。少數罪犯在社工協助下重新做人，但多的是沉溺在社會污流無法自拔。有屢犯不改，成為監倉常客，有眾叛親離，孤貧潦倒，有流落街巷唱勸世文，博坊眾施捨，老來縱使幡然醒悟，亦已太遲。

朋友認識一位長者，年輕時嫖賭飲吹，偷呃詐騙，沒半點好名聲，親友避之唯恐不及，後來竟修心養性，成家立業。可惜兒子在校無心讀書，偷竊欺淩，開除學籍後，又濫交濫藥，成了黑社會新血。改邪歸正的老爺子氣得半死，唯有搬出年輕時自己半句也聽不進耳的老土話，告誡獨子，那套曾經嗤之以鼻的普世價值與道德標準，出自他口，實在是對他過去浪蕩生活的莫大諷刺。

曾經在險惡江湖打滾的過來人，做盡壞事，受過教訓，最終得以從歧路脫身，自然不希望兒子在一條迂迴曲折的邪路成長，就以切身體驗諄諄訓示，其心至切，其言也善。過來人到底為自己的惡行，付出過甚麼代價，竟致痛定思痛，有一番徹悟，外人無從得知，但從另類角度看，付出真正代價的其實另有其人，就是在人生某個倒霉時刻，與他狹路相逢，屢被欺壓踐踏的受害者。他們的不幸遭遇，轉化為欺凌者翻一個筋斗後的訓兒教材，無端成了惡人的菩薩或基督。

火車上遇見一個顴骨高削、頸有疤痕的男子，看人目光冷冷，但又時帶笑眼，低頭引逗襁褓中的嬰兒。他指甲鑲滿黑邊，左手掌有兩隻斷指，不停輕拍、又細力撫摸嬰兒滑嫩的皮膚，在弄兒為樂的同時，神色常在警覺與放鬆間游離不定。眼前人不似善類的形相太突出，與他溫柔的動作對比強烈，不禁胡思亂想，平日慣做種種壞勾當的卑劣漢，原來手抱赤子時，也有他慈愛動人的一面。

安頓難

明知道經濟條件不大許可，也了解港島租金實在不便宜，居然還沿着皇后大道西到處蹓躂，妄想為同仁出版社的數千本存書，找個安身所。香港地寸金尺土，尋找一個合適單位，放書之外，還可以有空間聚會，又要租金能夠負擔，實在要講運氣彩數，但反正有閒，東走西看也算勉強出過一分力。

事實上逛街我是樂意的，走過充滿記憶的舊街巷，追尋淡淡的生活影痕，只見冬日溫煦的陽光，灑照斜巷，光線裏飄舞的微粒，帶來僕僕風塵的感覺。曾在永樂西街住過幾年，早晚經過附近的街市店鋪、酒樓食肆，對上環與西營盤的街區比較熟悉，私心作祟，書屋如果可以在這一帶存身，最是美滿不過。

在皇后大道西威利蔴街附近，找到一個舊閣樓，樓下商鋪掛着招租牌子，由店員代帶訪客看樓。閣樓位置剛在街角轉彎處，高高的雙層巴士看似擦窗而過，實質有安全距離，反而車塵及噪音令人困擾，那不打緊，把窗全關嚴，裝上冷氣機，就可擋塵避吵。上閣樓只需走幾級樓梯，搬書沒大問題，而且樓下可停車，通衢大道，市區出入方便，不似現時大埔滘段的赤泥坪書屋，交通不算轉折，但位處新界，朋友少去，書屋成了冷宮。

朋友多在港島上班，出版社信箱也在上環，又近印刷廠和植字所，而且閣樓面積三百呎，不大不小，既放得下書，亦夠地方容納朋友群聚或者處理事務，難得是單門獨戶，熱鬧時不至於騷擾同樓住客，最重要租金不高，而且連差餉雜費也包括在內。抄下電話，聯絡業主，以為時來運到，但經業主善意提醒，閣樓樣樣都好，唯獨沒有廁所，所以租金相宜。想到如有急切需要，就要下樓去就近公廁，若逢翻風下雨，更為不便，唯有放棄。物色書倉的熱情受挫，興致索然，沿大道西懶懶走去，胡亂抄下幾個樓房招租的電話號碼，打去一問，租金都太貴，這書嘛，真是安頓難。

煩惱絲

每隔兩三天，就在上班途中遇見一位長髮女子，頭髮像絲一樣披散背上，長及腰身，烏黑發亮，健康的光澤炫耀着她外露的青春。風一揚起，髮絲野性地四出翻飛，我總擔心她的長髮被捲往不該去的地方，譬如車門邊的縫隙，生出意外。有這樣殺風景的聯想，因受電影《伊莎多拉．鄧肯》的影響，雲妮莎烈格麗芙演現代舞創始者鄧肯女士，戲演至尾聲，她頸纏長絲巾，坐上跑車，司機一踏油門，咆哮狂飆，不料絲巾隨風被車呔捲住，即時骨折死亡，場面份外震撼。

冬天長髮，自然成了保暖粉頸的披肩，但不時巧遇的女子，炎暑時亦任由長髮垂腰，並不如多數婦女用橡皮圈紮成馬尾或盤成髮髻。我以為天熱會難受，她似不受影響，倒像十分清涼，大有古人散髮弄扁舟的灑脱。留長髮除了要髮質柔潤，不碎不散不開叉，這耐熱的功夫更要一流。年輕時血氣旺盛，曾有幾年留過一把長髮，我髮質普通，本來不宜留長，但少女心不可理喻，不嫌洗頭麻煩，莫名其妙偏好長髮，可能是當年粵語青春片的明星效應。

頭髮由毛囊製造，想長得濃密，就要毛囊健康，須從食物吸收大量蛋白質，如雞蛋牛奶魚肉，轉化成血液中的氨基酸，滋養髮根。有段日子也許營養不足，情傷五內，頭髮愈長愈薄，我的長髮情結終草草收場，意興難平下大剪一揮，滿以為可把昨日不濟的我剪掉，重新長出智慧，可惜作用不大，像風箏去掉了定向尾，一樣俗世飄搖，年輕時盲信形式可以影響命運，到底無知。

那年代出來社會做事，女士們都着意化妝打扮，讓人覺得成熟穩重，而非剛出校門不諳世事，一副乳臭未乾的樣子。我既沒興趣塗脂抹粉，化妝品亦不便宜，權宜之計唯有去燙頭髮，希望可以一改學生妹形象。可惜幾年下來，還是不慣，而且因為髮質柔弱，經不起電髮藥水折騰，又回復「清湯掛面」樣式。

見別人熱衷把頭髮式樣翻新，有曲如髮菜，焦黑乾脆；有條條削直，硬如掃擦；有噴上色粉，彩金斑斕，美其名髮型設計。我缺乏嘗新的膽量和能耐，傾向保守，且以髮長及肩為準，過肩即齊耳一剪，以為瀟灑。這些年可能新陳代謝不好，血氣有虧，掉下的頭髮多，卻重生得慢。有時頭油作怪，薄髮綹綹塌拉下來，沒有彈力，看着不順眼，無名火起，跑去理髮店，以狀似爽快的語調説，剪剪剪，通通給我剪掉，但當斷髮一撮撮落到襟前手背，又有點捨不得呢。

理髮店

最近剪短頭髮，貪圖打理省心，關於儀容修飾，我沒多大天分，化妝固然不懂，連把長髮簡單紮成孖辮或馬尾都弄不好，橡皮圈與長髮絲老在打架。不似舊時我的中學書友，平日身穿校服，形容乾淨，一到學校的聖誕新年派對，完全換了模樣，畫眼線塗唇膏，緊身裙高踭鞋，一把秀髮盤成鳥巢，把個訓導主任唬得渾身不自在。某位低調樸素的同學更深藏不露，中學畢業後去知名集團學美容，其後做化妝小姐，一段日子在「大大百貨」的美容櫃位工作。

既然沒有同學的描容天分，有段時間就跟潮流去電髮，結果只有離開理髮店那一刻最順眼，過兩三天頭髮髒了，在家洗頭，面對鏡中一頭濕漉漉的波浪紋曲髮，卻一籌莫展。心靈手巧的人洗頭吹髮，左右手輪流拿髮梳與風筒，揮灑自如，兩三下完事，有型有款出門去。但我左手不似右手靈活，沒能技術上完美配合，勉強把濕髮吹乾定型，以為馴伏了，可外出被風一吹，曲髮賁張，馬上成了一盤亂草。

頭髮整齊熨貼，走路也步履輕盈，信心十足，頭髮搞不好，懶怠見人，看見街上櫥窗急急迴避，免得不慎抬眼，嚇壞自己。若等曲髮自然變直，需時間耐心，不想帶着個蓬鬆頭見朋友，唯有不惜腰中錢，勤上理髮店。但說來有點尷尬，理髮店內沖洗頭髮時，我多數在躺椅上半瞪着眼，並不是要提防洗頭師傅有不軌企圖，而是不太享受公眾場所躺卧。

選擇理髮店，時下青年用流行語彙講，就是選擇髮型屋。舊式理髮店門面老派，師傅大多是中年或上了年紀，少數舊店仍分設男女賓部，以上海師傅為主。新式髮型屋從名字到裝潢都新派趨時，剪髮的喚髮型師，不單純洗剪吹，高級的還為顧客做髮型設計。時代潮流所及，髮型屋革新理念，有經營者多方面參考學習，吸收本地與海外同行經驗，漸見知名度，甚而以「造型設計」或「美術顧問」之類頭銜，在影藝界掙得幕後一席位。不過，街頭巷尾偶有店鋪空掛髮型屋之名，經營作風不新不舊，既沒有舊式理髮店的低調老實，又缺乏摩登髮型屋的創意和管理，一味音樂強勁，吵得人煩。

曾誤闖一間新開業的髮型屋，推門見室內煙霧迷離，兩個洗頭學徒聚在洗髮椅附近抽煙閒話，髮型師都年輕新潮，有一個邊走動邊跳舞邊揮剪。在他自己是寓工作於娛樂，但在個別顧客看來是欠專業，那副貪玩的德性，使人對他的眼光和手藝有顧慮。

我喜歡光顧家庭式經營的店鋪，不管喚作理髮店還是髮型屋，只五六張轉椅，店面小而寧靜，有時老闆娘與師傅講幾句家常或笑話，氣氛親切融洽。唯一的洗頭學徒如忙不過來，兩個理髮師連剪帶洗一腳踢，客人有被妥善照顧、賓至如歸的美好感覺。

借電話

八四年初，某天與朋友在住家附近閒逛，她忽然對我説，迎面走來的男子，是九龍仔某店鋪東主，是六十年代徙置區唯一裝上電話機的商住戶。這新鮮事物確曾非常風光，引人羡慕，難得那東主助人為樂，街坊常借他家電話與人聯絡或處理急事。從前社會普遍仍有憂患意識，民眾大多心地寬厚，互相幫忙，電話反正擱在一旁，不用白不用。可惜到了八十年代，人情味愈來愈淡薄，有事想借打電話，物主支吾其詞，甚而拒絕，亦莫奈他何。

我家沒電梯，朋友來訪，爬完八層樓梯，搞不清單位號數，按錯人家門鐘，因沒有下樓去店鋪借電話再爬上來的勇氣，她央應門的小朋友，讓她入屋打電話，小朋友大概覺得這位阿姨可憐，伶俐開門，就在朋友與我通話時，小朋友正被母親聲色俱厲責怪。治安不好，賺門行劫時有所聞，家長是應該教導孩子小心門戶的，但書本和老師又常說助人為快樂之本，小心靈無所適從。朋友不怪那母親，對開門的小朋友只覺十分抱歉。現在社會日趨複雜，人心難測，住家電話不再隨便借陌生人使用，少有從前的不計較不設防。

幸而在公眾場所，還有公共電話之設，投一枚硬幣就可通話，免卻向人開口借用的麻煩。也有店鋪很會招徠之道，安裝兩部電話機，一為業務自用，一在門外大方供人借打，街坊知好圖報，也以行動回應，放下話筒便掏腰包買食物、日用品或者零零碎碎，日後亦常光顧，成為熟客。

但也有腦筋死板的店主，電話長年貼上「壞機」紙條，可是電話鈴聲間歇響鬧，小家子氣老闆如常接聽，曲線公告街坊電話其實沒壞，也不會因為睜眼撒謊而臉紅。最可惡是專愛糊弄人的店主，你問他借電話，他不明確回應，你以為沒問題，拿起話筒，卻聽到奇怪的訊號，無法撥通，原來店主早把街線轉去分機。其實開鋪營生，最重顧客口碑，長線釣魚，道理非常顯淺，當你裝神弄鬼，整蠱借用電話的人，必定同時失掉一個顧客，損人而不利己。

酒具

最先接觸的酒杯，是母親逢年過節，拜神祭祖用的三個小酒杯，紅色塑料，用來盛茶或酒，另配三對同色塑料筷子，後來才從雜貨店看見小酒杯也有瓷製的，白胚描上好看的彩花，或者桃紅杯身繞着福字紋。至於西洋人的酒杯，要離校出來做事，多見世面，才知並不簡單。

洋人飲酒有一套學問，講究場合，閒適地摸着酒杯底社交，同時注重形式與實用，紅酒白酒香檳威士忌，各配上不同形態的酒杯，圓肚矮腳，長身高腳，亂不得，錯了惹人笑話。中國人飲酒講心情，酒逢知己千杯少，隨時隨地親炙劉伶，不論聚飲還是獨酌，順手牽個茶杯飯碗，用甚麼酒具似乎從不上心。

父親有飲酒習慣，但我從小沒見家裏置備酒杯，他用水杯或飯碗盛酒，如當晚有好肉好菜，或與親友過節，即捧碗而乾，姿勢豪邁。讀章回小說常看到英雄俊傑、販夫走卒用大海碗，一仰脖子連盡數碗的描寫；更有膂力驚人的壯士，單臂舉埕，以酒洗面，咕嚕咕嚕喝個精光。父親雖也嗜酒，但薪資不多，節儉過日，捨不得去電車路鵝頸橋附近的人和悅酒莊購買，只飲挑街過巷叫賣的雙蒸，這類私酒來源成疑，甲醇高，多飲對眼睛不好，坊間喚作「盲眼酒」。

同父異母的兄姐，屢勸父親戒飲私酒無效，間中帶來威士忌或白蘭地之類洋貨，送他自用，但洋酒飲罷，父親照嘆平價雙蒸如故。母親生日，選購禮物費心思，父親壽辰卻易辦得多，今年山西竹葉青，明年貴州茅台，當年所費十多廿元，與哥哥平均分擔，沒想過多年後的酒價可以升至四位數字。我們也從沒想過送家父酒杯，對他來說，無酒難為，無杯易辦，重點是瓊漿，不是杯盞。

我中學畢業後不久，獨立生活，買了第一套日本陶瓷酒具，瓶身窄高，頸短口小，上燒浮世繪，配四隻小巧酒杯。日式酒具保留十多年，後來已不常用，聊作觀賞，改用從台灣土特產公司買來的套裝，一套兩個酒瓶連八隻杯，白地瓷身，上繪修長的藍色竹葉，清雅可人。年前不小心打破一個，後來台灣旅行，百貨公司內竟見到可散購的同款酒瓶，喜出望外，馬上補回。

聆聽的房子

球場上翻起一塊塊混凝土，像暴曬後龜裂的田野，屋邨少年不在這場上打球也有好半年了。從前我討厭那種喧鬧，現在回來，在這黃昏下雨的時刻，又覺太悄靜，不知是驟響的雨聲顯得四周份外空靈，還是因為即將別去而生起的一陣寂然心境。

當初決定搬走，已意味向人生某個階段告別，其中混含着複雜的情緒，既不想一時了斷，又不願與過去牽纏。這房子裝載過我的歡愉和失落，八年的日子說長不長，說短不短，感念的是它使我重新認識自己。它永遠聆聽，永遠包容，無論是歡樂或哀愁，哭泣或囈語，我藏身其中避雨躲風，療治傷痛，不動的蝸居是最可親的靠山與退路。歲月窗外流過，隱然感到內在的深層情緒，似乎隨時間消逝而蠢動轉移，生出一種向上提升的精神力量，知道再不惜己奮發，向前跨步，必將錯失更多，就有了斷捨離的勇氣。

沒僱用搬屋公司，只須動手收拾個人物品，衣服雜項，餘下櫃桌冰箱全留給新住客。翻檢舊物時，在揚棄與保留之間，難免思前想後，別有一番滋味，那無以名狀的滋味出奇地並沒引起太多不快，倒使我更無反顧地告別過去，尤其抽屜底翻出幾筒膠卷，八米厘菲林塵封發潮，在天然光的透視下，影像一片灰漠迷濛，笑臉婚衣悄然隱沒，淡出我的青春舞台。

螞蟻搬家幾近一月，夜裏在漸已清空的單位小廳獨坐，面對蕭條四壁，思緒更趨明淨，對新生活無限憧憬。好不容易延挨到交樓日期，一個炎熱的周末下午，我把最後家當枕頭薄被包紮好，放在門旁，然後屋內逡巡兩遍。離去前露台留連片刻，俯看陽光熾烈下球場的花姿樹影，又抬頭看對面樓房屋頂嗆人的煙囪，附近人家忽把窗玻璃移推一下，刺目的反光使人猛醒，日後當再無機會從小露台瀏覽這片眼前風景。

初時落戶淘大新居，舊家的諸多缺點，譬如睡房窗戶的拴鎖不穩啦，自來水壓力不夠啦，頂層天花隔熱不好啦，通通成為親切的回憶。朋友沒好氣，笑我不思進取，用激將法慫恿我去敲舊家的門，要求搬回去，這當然沒可能，是我不夠撇脱，意識上還剩殘餘的尾巴。前些時熱帶風暴雲茵來襲，掛起八號風球，整夜睡不安穩，擔心新住客若還未入伙，拴鎖出問題的房窗有被風雨扯開的危險。

後來雲茵減弱，烈風信號解除，但仍有餘波，連續數天間歇來幾場暴雨。我終耐不住，在一個濕氣奇重的微雨黃昏，趁往舊居附近的朋友老家吃飯之便，帶着棄嬰母親一樣的心情，躲在老榕樹下，擎傘窺望八層樓上的故居動靜。露台出來一個婦人，正匆忙收起掛晾的衣服床單，與露台並排的睡房又忽現男子頭臉，伸手關上半開的窗戶。那時大雨忽潑喇喇狂灑，球場空地不見人影，只有一塊塊翻起的混凝土，似為洗心革面，貪婪地吸啜着傾盤而下的雨水。

冷氣技工

兩個師傅來淘大花園，為我家冷氣機加個遮雨蓬，一個年紀稍大，身體略發福，另一個較年輕，個子生得小，像剛滿師的學徒。兩人脫掉上衣，各銜一枝煙，研究環境工序。老師傅知道要先把舊機拆下，皺起眉頭，不過，顧客反正要為一拆一裝付費，他雖嫌煩，哪會有錢不賺，也就沒再嘮叨計較。我看他要計較的倒是怎樣在二十九層的高樓上，從僅可容身的冷氣機窗口，攀出外牆。

客廳冷氣機位置，在牆壁上方，近天花頂，安裝雨篷難度非常高，尤其師傅認為小工程，沒打算在外牆搭個工作棚。這對拍檔雖屬專業，卻沒帶摺疊梯來，小個子師傅站在餐椅上，兩人合力先把舊機拆下，再借踏高身小櫃，攀出冷氣機窗口位，半身懸出窗外，老師傅一直在室內抓住他雙腳。小伙子身輕敏捷，藝高膽大，背朝外坐在窗口冷氣機支架上實幹。

我站窗旁盯着他，大氣不敢呼一下，老師傅做下把位，幫忙遞換工具或螺絲之類，他一走開，我趕緊接力按住小個子雙腿。他功夫了得，半拗腰身坐窗外，手持電鑽，運用腰腿和腕臂力，在混凝土瓦仔飾面的外牆鑽出幾個螺絲孔。不要小覷幾個孔洞，沒有好身手，就得搭棚架，十分大陣仗。

拍檔外牆工作，老師傅室內一邊緊捉他的腿，一邊跟我瞎聊。忽然樓上冷氣機開始嗒嗒滴水，他語帶慫恿：「幹嗎不告他？要樓上住戶裝排水膠喉，省得自己花錢造雨篷，你看，現在多費神，我們也辛苦。嘩，一直滴，大珠小珠落玉盤。」他出奇不意爆出一句詩文。

雨篷裝好，冷氣機復歸原位，拍檔此時休息，又輪到老師傅表演，他不滿意新裝好的排水膠管尾端翹起，竟攀站在客廳窗沿，大半身趴出窗外，橫伸長棍企圖把排水管口向下壓，我連忙按住他雙腳，失重跌下去不是說笑，必死無疑，他竟秒速反應：「你咪掂我，掂我重唔得掂！」唬得我啼笑皆非。

覷空請教客廳冷氣機為甚麼那樣吵，比起裝在睡房的噪音特高，他一臉正經，東瞧西看，煞有介事回說：「我書讀得少，不知道對不對，我看是回聲關係。」他說話文縐縐，不時又叫拍檔勿講粗話，後來我想，莫非家中兩櫃閒書惹來誤會，老師傅以為我是教書的，條件反射文質彬彬起來。

避世夢

多年前的大嶼山，仍未有公路、大橋和地下鐵與港九新界相連，這個孤懸香港西南面的第一大島，是朋友與我為避煩囂，假期常去的地方，從中環港外線碼頭乘船出發，海風撲面，未抵埗已有度假感覺。一次往遊，梅窩碼頭下船，同伴巧遇朋友，蒙熱情相邀去他在長沙海旁的家作客。

那是一座兩層高帶歐美風格的建築物，四鄰房子差不多式樣，整條村外觀西化，在長沙海灘邊陲，遠離長沙老村。室內有一條螺旋樓梯，通往樓上睡房，客廳落地窗外，展現一個完美的半月型海灘，對眼前現代化家居和空闊海景，不禁讚歎，以為主人家定必安心樂意，在此長居，豈料屋主夫婦卻吐了一輪苦水。

首先交通不便，尤其假日，擠滿度假人潮，遊客坐巴士從梅窩碼頭往返東涌、大澳，沿路在各個景點、村落或海灘上落，島民乘車，輪候巴士費時。雖有村民住客備有私家車，日常自駕出行，無須擠公車，但有駕駛執照和島上行車許可證的島民畢竟少數。夏天又多颱風，強風訊號掛起，渡輪停航，在港島和九龍上班的島民，若趕不及停航前的尾班船，分分鐘缺勤或有家歸不得。

其次是醫療服務，當年只有梅窩和大澳兩間公立診所，島上另有兩三位醫生私家執業。應付孩子半夜發燒痾嘔，成人流感痛症，以致普通意外，島上醫療設施起碼可先穩住病情，但若遇上有生命危險的急病重症，野地或家居嚴重意外，可能就要動用醫療輔助隊，甚至用直升機送往港島醫院急救。

朋友當然明白離島醫療設備及不上市區醫院，私家醫生選擇更有限，就因為長時間在外國讀書生活，獨門獨戶慣了，不適應市區的喧鬧，實行搬去離島半隱居，但現實問題又不能完全漠視，尤其孩子和老人家有甚麼頭暈身熨，故而經常為去留感到苦惱。

中上階層經濟條件相對地好，選擇半隱於離島，尚且諸多顧慮，甘於食貧、不好社交的凡夫俗子，守住上輩留下的祖屋，隱居偏僻之地，以為不用付租，省吃儉用生活不難，誰知也有矛盾。住祖屋的確無須再操心租金，但水電差餉雜費難免，現代陶潛如積蓄不多，為了保養房子及維持最簡單的生活需要，就得出外謀生。若住得遠，出入不便，上下班舟車勞頓，交通費反成大負擔，雖說澹泊自甘，也不好隨意百上加斤，只怕灑脱的隱士作不成，先自頻撲營役，疲於奔命。

古人看輕名利，不仕不群，多因生活上自有客觀條件配合。他們素屋棲身之餘，說不定還有幾畝薄田可耕，不慮缺糧；日常汲井炊飲，夜裏秉燭照明，亦無水電費支出。若擅丹青喜吟哦，又可沽畫換酒，農閒時執卷賦詩，或樹蔭下與人對酌奕棋，倒也風雅逍遙。可惜時遷勢變，古書描寫的世相已成陳跡，現代人難得有祖業可守，亦無田可種，生活開銷在在需財，住屋更成為首要應付的問題，為交租供樓，可能身兼數職，負擔沉重，要想避世隱居，無疑癡人説夢。

勞動者

炎暑高溫下，從冷氣辦公室外望，不遠處是平靜的吐露港，一條即將通車的柏油大道散發出熱氣，陽光暴曬着瀝青路面，溶溶的隨時化成一灘灘黑色的蜜糖。男人烈日下工作，赤膊上陣，雖然隔得遠，仍看得見他深棕色皮膚與未鋪上瀝青的黃泥路，差不多同一個色調，勞動者身影汗濕而沉重。

在空調寫字間上班的白領，至煩瑣的工作，用筆、電話、電腦和打字機就能處理。遇上複雜問題，雖然傷腦筋，有時更受人事或精神困擾，若一時解決不了，也只是尚待處理的公事，不至於苦惱得滿頭大汗，傷筋動骨。下班時或露疲態，但形容依舊清爽，沒甚麼意外的話，這類腦力勞動者，可坐辦公室直坐到退休，那時才生出幾撮白髮，數條皺紋，帶上幾分似有還無的滄桑感。

需要體力勞動的藍領群體，不論普通勞工或技術員，除承受炎寒風雨的考驗，開工環境大多惡劣，修築馬路天橋，建設樓房商廈、裝修店鋪房舍、鑽挖地底通渠、維修爐房熱管等等，到處充滿可大可小的危機，高空作業尤其要做足安全措施。年輕力壯的小伙子長年戶外工作，普遍皮膚黝黑，面有風霜，若運氣不好，更隨時周身痛症，斷手傷足，甚至連命也賠上。體力勞動者的肉體疲勞，與白領在冷氣間攪盡腦汁的精神疲勞，一樣消耗能量，都各自為賺取生活付上必要的代價。

在一個民眾可向不同階層自由流動的社會，因應個人條件、際遇和運氣，選擇不同職業，成就不一樣的人生。有家境困難或天性好動不愛讀書、很早出來打工的人，有因考試成績不佳、轉學一技傍身的人，有離鄉別井掙扎圖存、希望落地生根的人，他們努力尋找出路，自力更生，從各種渠道貢獻心力，建設社會。而白領文職一般學歷較高，具有符合機構要求的資歷，工資以月薪計，工作環境無疑比以時薪或日薪出糧的藍領舒服自在，不用身水身汗，入息亦有一定保障，但若自以為有優越感，看不起出賣勞力的人，亦明顯無知。

我認識一對清潔工夫婦，長駐旺角區商廈清理廢紙垃圾，養出兩個上大學的兒子，誰敢說兩位出身寒微的年青人，將來不會成為無知者或他們兒女的上司。藍領勞工實在無須為一身汗臭和邋遢，自我形象低落，社會需要各式人等，發揮螺絲釘效應，讓衣食住行各個民生範疇順利運轉，互相依存，沒有誰比誰更高人一等。

設想醫法政教界專業精英，或者工商實業界的董事總裁，平日衣冠楚楚，多屬高端階層，家居華廈豪宅，卻不幸在某個嚴暑熱夜，住家電梯忽然失靈，已下班的技術員又未能提供緊急維修，亟待藍領援手的富戶與專才，除非另有居所或暫宿酒店，否則，就要考驗自家腳骨力了。他們未致於效法市井小民，為降溫袒裼上身，顯胸露臂，亦至少要脱外套，解領呔，捲衣袖，放下斯文身段，汗流浹背地爬樓梯。

生日

聽人説忘記自己的生日，總感到驚訝，看報讀到政經科研界名人的花邊新聞，説他們為社會民生或專業研究絞盡腦汁，廢寢忘餐，一日埋首工作，室內忽然大放光明，屬僚推出生日蛋糕，齊唱生日歌，壽星公婆才如夢初醒。對日理萬機、充滿使命感的個別專才賢達來説，生日不過是三百六十多天裏極平凡的一天，也許全不在意，或者當事人性情灑脱，處事投入，常達「忘我」境界。但碌碌眾生，大多專注自身瑣事，關顧生活日常，生日可以馬虎度過，卻絕少拋諸腦後，除非是腦退化的長者和不知生年的孤兒，或正經歷顛沛流離、朝不保夕的亂世生民。偶然看到為造福蒼生渾忘生日的報道，雖溫情感人，亦不禁存疑。

世情容或悲苦，生涯容或坎坷，也明白從出生走向死亡，人生其實是徒勞的獨步，但出生到底關乎一個生命的有無，從烏有到存在，全賴精子與卵子結合的機緣，小小嬰兒，經歷諸般磨練，造就今天的自己，成長絕不簡單。而生產過程不論順逆，都是母親十月懷胎的受苦時刻，生日怎可輕易忘掉。史學家余英時從不過生日，不為善忘，而是母親生他時難產致死，他要一輩子默記母難。

一次鄰家爭執吵鬧，兒子高聲質問父母：「點解要生我出嚟！」言語上對雙親作無情反擊，竟似誓不兩立。古老人沒有避孕觀念，父母的確沒辦法先徵求子女同意，人人都是身不由己的胚胎移民，既來之則安之。修身處世，苦樂自嘗，活得不好首先責在自己，其次叩問境遇。大時代動向往往自有規律，甚麼時候水深火熱，甚麼時候柳暗花明，民眾永難切實掌握，要想在時局與生活的重擔下，壓力得到舒緩，唯有自謀出路，看自己本事，莫向帶你來到世上的父母問責。

無論社會政經氣氛如何，為了搞好官民關係，政府與商家不時在節慶前後，選址社區會堂、海濱長廊或公園商場，營造節日氣氛，如果市民願意積極投入，也不失為緩解繃緊情緒的權宜辦法，不過，普天同慶，始終比不上過自家生日的貼心私密。我喜歡過生日，一踏進生日月份，便陸續收到朋友的精美賀卡，他們又為我破費，安排吃喝玩樂，興盡而散。等得正日到來，不論晴天下雨，心情反常地好，同事奇怪我整日微笑，知道原因後，亦毫不吝嗇送上祝福。

今年的生日飯，半個月前已開始，早吃得肚滿腸肥，正日反想一個人過，下班後去吃快餐、看電影，意態悠閒地回家。朦朧入睡前意識虛無，竟離奇旁觀多年前的自己，在那打素醫院墮地，因不足月，睡過一陣子氧氣箱，跨步踏進人間世後，經歷數十寒暑，體形已然膨脹，久違的母親若今晚入夢，肯定認不出發福的女兒。

全盒與慈影

過年浸水仙，捧出青花瓷水仙盆和南京雨花石，還有放瓜子糖果的朱漆全盒，這類器物，平常日子少用，只有過年，才適時在客廳几案亮相。舊物長年在不同的櫃角藏身，自有靈性和家傳的節慶地位，老茶素來比新茶甘香，新醅又絕對及不上舊釀厚醇。

青花瓷水仙盆連木座，隨我度過許多個華年，算是自立門戶後買入的首批器物，而朱漆全盒來我家的日子要短些。兩年前曾四處物色一個合心意的紅木全盒，家用雜貨店多是透明紅色塑料貨，看來輕薄俗氣，百貨公司雖有較精緻的日本漆製全盒，圖案花紋又過重東洋味，隨後發現泰國的素木製品，形質還算清爽。

泰製全盒分四個扇型瓷格，中心一個圓格，分別畫上古代仕女、中國山水和花卉，底盤有軸心可旋轉。在喜慶場合或過年時，見過孩子趴在桌上，把全盒奮力一轉後，飛快攫取糖蓮子糖冬瓜以為樂，是孩子眼中的新遊戲。但家用飯桌又不是酒樓供十四人圍坐的大枱面，全盒幹嘛要旋轉呢？本來端莊的仕女，秀麗的山水，靜美的花卉，忽然轉個不停，裙飛袂舉，水動山移，擾亂一室安閒寧靜，除了小朋友得趣。

心目中的紅木全盒，蓋面要螺鈿圖案，最好是幾枝寒梅或一叢疏竹，耐久的紅木微泛暗光，饒有古意，可惜無緣碰上，就算找到，相信亦索價不菲。紅木比一般木材貴，再加螺鈿和鑲工，賣幾百塊錢並不稀奇。幾年前買了個紅木筆盒，蓋面是一朵螺鈿牡丹，榫接精巧，差不多也要百元身價。後來沒耐煩，放棄尋覓，卻偶在百貨公司家品部見到一個朱漆全盒，棗紅拋光，蓋面正是我喜愛的螺鈿作料，細工鑲嵌朵朵蓮花和蝙蝠，尺寸和盛物扇格大小適中，失梅用蓮代，就捧回家了。

閒來看着一屋物累，買時歡喜，日遠折舊，非到必要關頭絕不肯捨棄。有人說那是對青春的執着，人到了一把年紀，應該甚麼都看化，甚麼都能捨。唸高小時從登龍街搬去上環，父母清理家當雜物，平讓一堂上好酸枝傢俬，似乎沒有不捨。記得酸枝椅靠背和茶几面鑲嵌整塊雲石，斑紋如潑墨山水，因為去向不明，有時經過上環一帶收購舊傢俬的店子，看見擺放得堂皇雅正的酸枝几椅，難禁好奇入鋪細認，知道不是舊家之物，鬆口氣之餘，亦感失落。

母親逝時我十六歲，懵懂無知，遺憾不曉得收起幾樣與她有關的衣飾器物，做個紀念。日後想起舊時慈影，總有她探訪西環舅父或看望同鄉姊妹時，常戴的紅石耳環。這對朱義盛耳環，曾在回鄉證件的照片上出現，當時攝影師為取得相中人一致高度，安排哥哥坐母親大腿，我站她身旁。還有夏天出門買菜或就醫，母親穿的天藍格子大衿衫，至於另一件織上團龍團鳳的黑錦緞絲棉襖，在姐姐婚宴初次亮相後，逢過年才再隆重登場。可惜舊物與人同逝，紅石耳環、藍格大衿衫、黑緞絲棉襖，一件沒留，還有舊家用了多年、新歲從不缺席的全盒，如秋冬落下的枯葉，委地無聲。

房客與寵物

七十年代初，曾租住窩打老道帝國大廈某單位，全層三房兩廳，我和另一對夫婦分租其中兩個梗房，其餘空間是房東的領地。廚房廁所共用，廚房不大，每房住客佔用一個石油氣煮食爐的位置，將就着輪番洗煮，弄畢炊事急急回房，不見得很寬容自在，卻也相安無事。

問題出在廁所浴室，若跟在租客夫婦之後使用，拖鞋必然弄得半濕，因為滿地積水，從不抹乾。本來在浴缸淋浴，拉好浴簾的話，絕不會水飛簾外，估計是租客太太站在浴缸邊洗衣服，用力搓擦，過於激情，以致水花四濺。衣服洗好又不着意擰乾，滴滴嗒嗒從浴室拿到小露台曬晾，少不免弄濕客廳通道與樓下人家漸乾的衣裳。

我一直不滿租客太太的率性行為，但房東並沒表態，由得她滴水如故。後來卻因收到業主兼房東的逼遷通知，大家不滿住不到三個月，又覓屋搬遷，租客夫婦要跟我同進退，齊向房東交涉，希望可住滿一年租約，答覆是房子要交吉出售，房客不得不走。可能因為共坐一條船，竟莫名其妙與這對夫婦合租美孚新邨單位，彼此人品性情和生活習慣相異，住滿兩年後，租約到期才覓屋他遷。

窩打老道小房間，只佔我頻繁遷徙史的一個極短片段，除了使我偶爾想起濕漉漉的浴廁地磚，以及後來與不相熟的租客夫婦，在荔枝角合伙同住的經歷外，就是房東太太那一屋貓狗。當初實地察看房間，一層樓明亮乾淨，撲鼻是新裝修的油漆氣味，沒見任何寵物，誰料入住還未滿月，整層樓成了貓竇狗窩，角落牆邊積聚一球球動物軟毛。房東太太要照顧初生嬰兒，打理房子並不盡心，住客出入得要留神，以免隨時踏中貓狗的便溺地雷。見她經常手抱裹着白棉布的嬰兒，有時匆匆一面，分不清她懷抱的是自家女兒，還是平日得寵的白毛西施犬。

貓狗聯合國成員，有充分行動自由，一屋亂跑，又常躺卧嬰兒床邊，不時抬頭擺尾和伸脷，那小不點骨碌雙眼，也不啼哭。但娃娃臉背和手腳隱現紅斑，房東太太嘀咕紅斑為甚麼老是不褪，除了皮膚問題需看醫生辨症，房間鋪上地氈，可能亦是大忌，貓狗虱子愛藏在地氈的絲穗和纖維裏，極不衛生。

要說房東太太不愛護動物，又哪來養一屋貓狗的興致，但看那群「四腳住客」的邋遢勁，她又是個不稱職的主人。自知沒時間與閒心，我不會貪得意養寵物，一來怕照顧不周，二來怕半夜裏狗吠貓叫，擾人安寧。多年後曾遇一個養鸚鵡的近鄰，鳥籠吊掛在曬台的晾衣架上，每掀開遮籠的布幕，鸚鵡就伸脖子尖叫，不分晝夜，似磨擦鐵鍊的金屬聲，黑夜裏高頻迴響，直似地久天長。

馬戲班

曾有外國馬戲班來港獻技，表演場地在維多利亞公園，公園到處充滿節日氣氛，帳篷外的空地周圍，汽球彩色繽紛，孩童一臉興奮，鼓着腮幫發出必必卜卜的爆谷聲。場地像個生日大蛋糕，男女老少圍坐尖頂的帳蓬下，熱鬧地聽喇叭誇張號叫，看馴獸師揮舞皮鞭，把猛獸擺弄得服服帖帖。

我對把野獸變得馴如羔羊的表演總覺不忍，尤其笨重的老象，綁了蝴蝶結，穿上花裙子，四隻巨腳擠立在面積極小的圓台上團團轉。鬆垂皮膚的大象真可憐，年輕時在叢林河邊捲運木材，幫忙建設，老了落得晚節不保，戲彩娛眾。形態威風凜凜的獅子、老虎，本該在鬱莽的山林和草原稱霸，如今耷拉着尾巴，有氣無神，走路似隻大花貓，哪有半點萬獸之王的風姿。「大花貓」盯視馴獸師的皮鞭，專注聽他簡單硬朗的號令，乖乖完成指定動作，贏得觀眾如雷掌聲。眼看虎落平陽，不禁設身處地，動物若有靈性，想必此刻也會自傷身世，淒然下淚。常言壓迫愈大，反抗愈大，一時失運的猛獸若忽然覺醒，齊齊發難反客為主，被困籠中表演的，說不定就是號稱萬物之靈的人類了，可能擔頭牌的就是班主和馴獸師。

另一項使人不快的表演，是利用侏儒的天生缺陷，逗引觀眾哄堂大笑。侏儒願意做小丑角色，當有不得已的苦衷，最主要為生活，以自身獨特條件尋找出路，敬業樂業，為可以娛樂大眾而感到自豪。侏儒諧趣表演完畢，繞場一匝，與觀眾握手或拋擲糖果，當他們與觀眾近距離親近時，剛才還為台上表演嘻哈大樂的孩子們，竟驚呼着躲在家長懷裏，連拉拉手也不敢，在他們眼中，可能疑惑身量和手腳比自己短小的表演者，不是同類。

馴獸師、侏儒小丑與空中飛人，從來是馬戲團的票房鐵三角，宣傳上鼎足而立，對班主而言，是財來滾滾的保證。空中飛人表演無疑最教觀眾提心吊膽，高空鋼線上來去自如，恍履平地，幾個飛人又在兩座鋼架之間交接騰飛，神乎其技。當觀眾聚精會神，表演忽生意外，其中一人交接失準墮下，驚叫聲此起彼落，好在有安全網，江湖兒女身經百戰，一個翻身，若無其事重爬上高架繼續表演。看着他人猝然身陷險境的刺激，我可受不了，更希望「失準」不是馬戲班為添加娛樂性，刻意安排，觀眾反應若被暗地計算和公然糊弄，個人感覺並不好受。

散場時有涼血觀眾，嫌飛人表演多了一張安全網，以為有錢購票，就有權買起他人的寶貴生命。觀眾的掌聲與笑聲最是無情，表演者聽在耳裏，也許心滿意足，也許百感交集，驚呼讚歎的背後，其實有動物的窘境、飛人的血汗及小丑的眼淚，馬戲生涯，苦樂不足為外人道。

工展會

近幾年香港的冬天愈來愈暖，就算接近聖誕節，也沒半點冷的意思。聖誕連接新年，長假期總有大批市民出遊，留港的除欣賞維港兩岸的璀璨燈飾外，例行與朋友餐聚或參加派對。我喜歡節日，但對聖誕沒太多憧憬，如果沒外遊計劃，多半就賴在家中睡懶覺。假期少了上班壓力，輕鬆地看電影見朋友，也會想着該如何利用閒暇，執拾家居，整理藏書，做些有趣事情。至於聖誕禮物、聖誕大餐，到了我這種年紀，有則享受，沒有也不感到特別遺憾。

記得小時候，非常期待十二月來臨，年幼不懂事，父母又不是基督徒，熱切期待並不是因為救世主降生，拯救世人，而是為了工展會。跟大人往逛工展會，是我在聖誕期間的一個重頭戲，可惜後來不知何故停辦，如今就算有團體舉辦類似活動，時間與心情不對頭，都不及兒時興致高了。

從前工展會大都在靠海的場地舉行，一段長時間在灣仔填海區，有好幾年又改在紅磡。印象中會場面積大，海風勁，跟着大人的緣故，是否需要門票已記不清楚。回憶中的十二月天，寒風凜冽，晚飯後出門，穿得肥墩墩，一套不大稱身的燈芯絨長褲和校褸，圍一條絲巾，鼻頭和雙手還是給北風吹括得紅通通。

會場燈火輝煌，每個展攤設計都花上心思，力求突出，希望在當屆最佳攤位設計比賽得獎。我與父兄或姐姐，有時連同後來的姐夫，通常從第一街逛起，起碼有十幾廿條長街排滿攤檔，玩具食物吸引孩子，家用器具和衣物吸引大人，每逛至半途，腳力有限，我和哥哥愈走愈慢，待等大人有意思停步，買美味點心品嘗的時候，心情可真愉快，知道有東西吃，又可以坐下抖歇。會場擴音器不時有尋人廣播：「某某小朋友，請到大門口，你家長等你。」原來在熱鬧擁擠的人間樂園，有差不多同齡的孩子會走失，或被熱衷購物的家長遺留在某個暗角，心裏不由得緊張起來，知道小手要拖緊大人的重要性。

塑膠製品、家廚器皿、衣履繡物、陶瓷工藝，各式攤位都出盡百寶招徠顧客，用的吃的，應有盡有。「鼎大製品」攤位前，懸起巨型不鏽鋼水煲茶壺，身穿龍鳳繡花裙褂，作新娘打扮的工展會小姐，站在「冠南華」攤位前，向遊人微笑揮手。當時花多眼亂的場面，成年後雖漸影像模糊，但在會場各處，向小朋友大派糖果禮物的聖誕老人，以及入口處迎面一棵吊滿掛飾和小燈泡的高大聖誕樹，卻仍留下不可磨滅的印象。

我還記得會場四周塵土飛揚，北風吹得懸吊着的展品叮噹亂響，孩童手拿彩色氣球和小玩意，就在聖誕樹下興高采烈地走過。回憶就像攤涼的豆腐，外表以為冷了，內裏原來還剩下不曾散去的餘溫。

閒蕩聯想

某天下班後悶悶的，不想回家，乘火車從馬料水直出紅磡總站，體育館就在附近，《萬世巨星》（Jesus Christ Superstar）歌劇正在館內上演，是英國音樂劇作曲家安德魯．洛伊．韋伯（Andrew Lloyd Webber）與作家兼音樂劇詞人提姆．萊斯（Tim Rice）的創作，用搖滾音樂形式講述耶穌行跡，同名電影一九七四年在海運戲院上映，導演是諾曼．朱維遜（Norman Jewison）。我不是教徒，當年卻連看三場，因為喜歡編導演的新嘗試，以靈動歌舞、時代節拍、古典情調演繹傳統古遠的聖經故事。插曲悅耳動聽，劇中瑪利亞演唱一曲〈我不知道如何愛他〉風行一時，原唱者是伊芳．艾麗曼（Yvonne Elliman）。從報上得知歌劇終來港演出，可惜遲了十年，非看不可的衝動已然消失，只在體育館周邊徘徊，仰視一陣高高掛起的歌劇廣告板，並沒購票入場。

無事閒蕩，順步走進紅磡火車總站大堂，天花頂懸垂整齊的燈飾，圓大透亮，像中醫替人炙療的圓玻璃球，想起多年前一個八米厘影展，有作品也曾以當時剛落成的火車站大堂做場景，亮起的玻璃圓燈，成奇特的幾何排列。後來多次晚上乘巴士經過，隔開幾條行車道，仍感受到圈圈淡黃，溫柔散射到車站外，若逢霧雨，光暈時隱時現，似捉摸不住的濛濛幻影。

自有集體運輸系統以來，貪快圖便，少乘電車巴士渡輪，平白失去觀看市容街景和海港的樂趣。從前來往港島九龍，渡輪上看船頭破浪，兩條白浪滑向左右船舷，魚群偶而海面跳躍，三兩海鷗悠然在甲板上踱步。如今隧巴與地鐵在海底深處的管道行車，過海無風無浪，乘客亦習以為常，車廂內沒意識海水正在外圍拍湧，到達彼岸後，各人行色匆匆，甚麼波浪海鷗拋諸腦後。舊時風物，從生活日常中慢慢淡出，竟至於忘記往日隨時乘坐渡輪，近距離觀賞美麗維港是一種難得的幸福。

我喜歡晴天坐巴士上層，沿東九龍海旁出尖沙嘴，一路上碧海藍天相伴，遠望雀鳥低飛，輪船舒緩行駛，與海岸線並行的東區走廊靜躺對岸，維多利亞港兩岸以至山上，都是層層架疊的高廈。有時黃昏近晚，又乘巴士沿梳利士巴利道前往尖沙嘴碼頭，在紅磚和花崗岩建成的百載鐘樓與碼頭的巴士總站頂望去，向西的天邊染滿霞彩，水面閃動着金光，海上懸浮的落日，圓而且大。當時情景使我聯想起不久前的地中海之行，旅遊車沿里斯本海岸前駛，迎面乍遇大西洋日落，金球漸漸隱沒在無盡延伸的水平線下，原本金亮的天色與海水，一下子變得沉黑。

伊斯坦堡的博普布魯斯海峽，風光使人懷念，兩旁街道混合歐亞情調，亦十分迷人，但畢竟是遙遠的異地，同樣的落日，因為與成長地有千絲萬縷的感情連繫，維多利亞港所見，始終比起陌生的里斯本海岸要親切些。

納涼

小時登龍街住所向南，夏天黃昏時分，日頭收了，南風隨來，一家在騎樓晚飯，旁邊鋅鐵盆浸個大西瓜。父兄赤着上身，哥哥穿短布褲，光頭老父肩膊搭條濕毛布，綢紗短褲的白洋布褲頭，捲摺入自製的褲腰繩裏。無論怎麼熱，母親是一貫的棉麻大衿衫，我穿一套磨得軟舊的花布衫褲，邊吃飯邊看街童放紙船。

騎樓下望，對街渠邊有幾呎直徑的大窟窿，延伸至街心，仿似受傷帶疤的肚臍眼，雨後積水，正好供孩子放紙船。一九四一年太平洋戰爭，日軍十二月初襲港，猛烈炮轟和空襲港島，為守衛彈丸之地，由當時駐港英軍、香港義勇軍、香港華人軍團和加拿大陸軍組成的萬多名守軍，在黃泥涌峽和灣仔一帶與幾萬日軍激戰。敵眾我寡下，傷亡慘重，但出乎敵方估算，香港守軍仍負隅頑抗十八日，終而外援不繼，在該年聖誕日投降。伴我成長的街心臍眼，究由空投的炸彈還是地面戰落下的炮彈造成，已不可考，窟窿後來填平，香港日佔時期成為歷史。

登龍街每到晚飯時刻，總會熱鬧起來，街坊用木箱木板架起臨時飯桌，有背倚鋪面門板吃飯的成年人，有坐小板櫈掉得半枱飯粒的小孩，有側騎在停泊不動的單車上，邊吃邊調笑的男女。那時候愛惜天光，飯開得早，早吃早清洗杯盤碗筷，若天黑才來炊煮收拾，摸黑幹活諸多不便，因節省電費，盡量不想亮燈。願意開燈照明的家庭，主要為下班才有餘暇處理家事和讀報的男戶主，或為婦女幫補家庭開支，燈下裝嵌玩具公仔、串塑膠花，當然也為教孩子做功課讀書。一般人家早睡，沒電視也沒多姿采的夜生活，擁有一部當時新興的原子粒收音機已不得了。住家普遍用低火數鎢絲燈泡，民眾愛坐暗屋裏談話，也會就着路邊街燈的餘光，騎樓或街上納涼閒聊，睡魔來了，抱板櫈散局，也不過十點鐘上下光景。

戰後一段時間，本地工業發展重在紡織、製衣和塑膠產品，外銷為主，亦有供應本地市場。電器不論舶來品還是本地生產，價格稍昂，加上要耗電，低下階層花不起，除了照明的燈膽，電風扇對部分家庭來說，已是全家的貴重資產。相對今日電視雪櫃成了民生必需品，簡直不可思議，冷氣空調更屬天方夜譚。當年炎暑天熱，大人總是輕搖葵扇，奉行「心靜自然涼」信條，度過長夏晝夜。我家幸佔一點地利，冬暖夏涼，整晚南風吹，半夜有時還得蓋張薄被，知道西曬和北向的房子焗熱陰冷，就是我小時得來的生活常識。

自七十年代經濟轉型起飛，民眾生活改善，家庭亦漸電器化，冷氣機十分普遍，關起門窗調校適當溫度，室內剎那清涼，不管房子坐向東南西北，只要電費負擔得來。可是感覺上香港的夏天，年比年熱，空調設備固然提升生活質素，但廢氣排出，足使室外氣溫升高，長久又會破壞地球的臭氧層，增加溫室效應，惡性循環，只會愈來愈熱，但城市人享受慣，大抵回不去順應天然寒暑的日子了。

今日高樓大廈密集，有天台天井的低矮房舍亦漸清拆，人文風景丕變，飯後納涼的街坊近乎絕跡。有一定經濟條件的，身處恆溫居所，不見「流螢」，亦無需「小扇」，唐代詩人杜牧〈秋夕〉詩所描寫的「輕羅小扇撲流螢，天階夜色涼如水」的情懷，受城市嚴重光害與高樓建築環境的影響，只可從詩中探尋。

夜來香

童年時代的登龍街，兩旁都是戰前舊建築，街面不寬，住客可對樓相望。整條街大都樓高四層，每層分左右兩邊單位，一條木樓梯中間上落。單位內又分隔出三數個板間房，再沿走廊貼牆排開幾張木板床，擠上十伙八伙租客。戰後五十年代，南來人口大增，經濟艱難起步，市民收入微薄，大多租住板間房棲身。

當然也有富戶全單位自住，沒有分租，我家正對面的三樓，就是獨門家庭。他家孩子跟我和哥哥年齡相近，我們並不認識，但長年騎樓互望，也會用孩子的方法隔空打招呼。譬如自摺紙火箭，間中寫上幾個字，用橡皮圈勾住火箭頭的小剪口，右手把橡皮圈向前扯，同時左手緊捉火箭尾向後拉，瞄準對戶，左手猝然放開，火箭飛也似地穿堂入室。

我家在街中心一幢樓房的三樓落戶，父親是二房東，一家四口租下頭房連小廳，另間隔兩房分租。一房租客住沒窗的中間房，連走廊一張大木床，並自費租用一台「麗的呼聲」，高放在靠牆大床的木架上，我常靠近他家範圍活動，豎起耳朵，聽兒童故事或連續劇廣播。另一房租客住帶窗的尾房，木窗開向後巷，瞧得見廚房動靜，炊煙難免漫入房來。街頭巷尾出入的街坊，都熟口熟面，左鄰右里早晚相見，多少有點認識，譬如工作職業、入住人數、家庭關係之類，至於來歷底細，房客不提，包租與同樓住客亦絕少打探。那時正值戰後喘息的年代，人人可能都有不堪回首的前塵，萍水相逢，只要準時交租，人家身世就不好過問。

同屋共住，習慣彼此「來歷不明」，生活起居有時不經意公開，亦不大介懷。一層多伙，房與房之間用不到頂的木板分隔，稍微大聲講話吵架咳嗽，孩子夢囈打嗝哭鬧，鄰房清晰可聞，事實並無秘密可言。板間房門一式拉趟，用力拉門時噪音擾人，除全家出外需要關鎖，平時為出入方便和空氣流通，房門大開，就靠一塊花布房帘遮掩。房帘上部另加一塊尺來寬的帘頭，波浪滾邊，或繡鴛鴦，或印花枝，或全素淨，飄揚間守護着所餘無幾的生活隱私，包括大小二便。

戰前樓宇沒有廁所，廚房一角放置木造糞桶，每戶房中必備搪瓷痰盂，裝載人體廢物後，拿去廚中糞桶清倒。收集全層人體「精華」的「百寶桶」，要到午夜時分，才有美名「夜香婦」登堂入室，提挽去停泊街外的市政糞車傾倒。這群從事厭惡行業的夜香婦，午夜為賺生活清洗收來的木桶，久經歷練不聞其臭，然後依門牌列陣，再送回所屬樓層。寒宵暑夜，街上傳來笑語和擦桶的聲音，她們的工作熱誠，使得千門萬戶翌日有乾淨糞桶循環可用。

睡夢中應門，接送夜香婦，是二房東責任，父親就這樣長年忍受「夜來香」經過走廊時散發的異味。其實桶內精華，父親貢獻甚小，家裏痰盂多為婦孺專用。當年銅鑼灣避風塘有海堤通往奇力島的香港遊艇會，父親習慣去海堤乘涼看報，間中帶上我。回家路過鵝頸橋消防局，他依例去旁邊公廁方便，囑我在門外行人路等候。有時等得久了，怕被父親遺忘，小孩天真，不曉得男女有別，心一慌，闖入公廁尋父。廁格門半人高，裏面蹲着的男人，抬頭忽見小女孩，大感錯愕，有人高聲問：「邊個識得佢？」父親尷尬地半欠身，連聲喊着：「出去出去。」

擂漿棍與鐵網夾

讀初中前後，搬去二兄嫂在上環永樂西街的家，新居設浴廁，備有白瓷浴缸與抽水馬桶。每天放學從銅鑼灣坐電車回家，愛在上環街市下車，走一段路轉入永樂西街，在文咸東街交界處，添男茶樓斜對面，有一所公廁。每次經過，亂闖鵝頸橋公廁的往事，即泛上心頭，人長大了知道失禮，但又覺得好笑。

上環住了一段日子，再隨兄嫂搬家九龍太子道，期間完成學業，出來工作，與友合伙另居。在假期無事的靜處時光，間中想起往昔永樂街區的生活情貌，尤其位處皇后大道西的高陞戲院，它離家不遠，方便我課餘享受無窮的觀影樂趣，更是我觀看「雛鳳鳴」一九六五年初試啼聲，演出三個折子戲的粵劇舞台。

舊家附近還有成行成市的藥材乾貨海味批發，因為是早開發的老商業區，店鋪仍散發出一種古典情調，銷售某類老式器具、食品或小玩意。前些時重遊舊地，去香馨里吃潮州鹵水鵝和煎蠔烙，又去正街源記吃蓮子合桃露和雞蛋糕。源記從前常光顧，有時想袪濕活絡，就去喝一碗草藥香濃的桑寄生蛋茶。它的芝麻糊、合桃露和杏仁露，綿密幼滑，蓮子粉粉的，據說材料都用石磨。

家製甜品，很費功夫，小時沒有電動攪拌器，母親為煮芝麻糊，搬出沙盆與擂漿棍。沙盆泥黃色，用陶土混幼沙燒製，質地粗糙，盆口直徑尺餘，盆底圓深而平，內盆壁全是斜線交疊的淺溝紋。擂漿棍約尺半長，棍身上幼下粗，呈圓柱狀，多用番石榴枝幹製成。操作時有一套功架，人坐小板櫈，小腿箍緊置放身前的沙盆，盆底墊布，防擂攪作料時移位。內放適量炒香黑芝麻，雙手扶穩擂漿棍，邊不停打圈邊加米加水，利用擂動時與盆內溝紋磨擦，研細作料。黑芝麻炒透磨好還要隔渣，煮時加水和糖，程序煩瑣，除考驗愛心和耐性，還考驗力氣。磨芝麻這道費勁工序，哥哥常助兩臂之力，我有時貪玩也磨上幾圈。好在一年並不常吃，製作甜品的兩件神器，多數投閒置散，為惜物善用，沙盆平時盛水洗濯，或旱天制水時儲水；至於擂漿棍，長年寂寞，倚憑櫃旁，做鎮宅將軍。萬一半夜鬧賊，父親可在床上霍然而起，就近手執擂漿棍窮追，可表現保家的男子氣概。

源記吃罷蓮子合桃露，去皇后大道中顏奇香茶莊買茶葉，店內矮几擺開茗茶器具，小銅爐暖着小壺開水，老闆熱切招呼熟客坐下品茶。買了普洱、鐵觀音茶葉各半斤，步出店外，街角見老伯編織各種輕巧鐵絲廚具，以獨門手作擺攤。製成品懸展在鐵絲網上，有漏杓、油杓、笊籬、炸蘿蔔絲油糍的圓網杓等等，最吸引我的是烘麵包夾。兩塊約十吋見方的鐵絲網格，用幼鐵線一頭拼起，可以開合，像兩片活頁網，另一頭以粗鐵線紮成手柄，柄頭木製，烘麵包時防傳熱。

從前人家做飯炒菜，燒柴炭或木板條，火水爐是新生事物，我家走廊備有一個，專為廚房人擠時，輔助燒水熱菜，主力還是用廚房的坡柴和紅泥風爐。母親弄畢炊事，為善用餘燼，放一壺水在上面暖和。我和哥哥瞅準時機，拿烘麵包夾趕往廚房，把白麵包片烘成脆邊金黃，上面還有鐵絲網孔淺淺的烙印，似六角蜂巢，塗滿牛油往嘴裏送，幻覺帶有蜜糖味。鐵網夾還不止於烘麵包，更可煨魷魚，煨得香香的魷魚絲，氣味超越時空，彷彿從舊家廚房，冉冉飄升到眼前來。

第二輯

計酬工件

1

一九六九年底，初次投稿，寫了一篇散文〈母親的肖像〉，在《中國學生周報》「文藝習作」版露面。事隔多年，我仍記得周報出版當日，買了報紙，急不及待就在行人道上翻閱，看到文章刊出，有難以形容的歡喜。在渡輪上、車廂裏，讀完又讀，幾乎想告訴周邊乘客，看啊看啊，這文章是我寫的。其後收到稿費單，心情雖極度愉快，但決比不上乍見自己文章登報時的雀躍興奮。

初生之犢不知地厚天高，一時自滿得想要揚名立萬，一時又缺乏自信，疑慮寫得膚淺，怕人知道自己是作者。這種既想又怕、既怕又想的微妙心理，初期持續了一段時間，直至某天，朋友說起種種隨寫作而來的忐忑，實屬多慮，就像她兒子小時獨自玩捉迷藏，躲在門背後，幻想有人察覺他的藏身處，空自神經緊張，聽來確有幾分道理。

曾有親人和舊同學，隱約知我閒時塗鴉，但對筆名和寫甚麼不大了了，加上當時離校不久，投身社會日子淺，朋友不多，既然乏人關注，又何必介懷「身份暴露」。後來在文藝界朋友圈中，知道我就是作者某某某，至多引起文如其人或不如其人之類談資，事實上對大部分讀者來說，並沒探究的興致。

不過，在我還未有這番頓悟之前，曾因為頭腦這點迂，增加某台灣出版社麻煩。八十年代中，拙作入選該社計劃出版的小說集，寄出授權同意書後，忽生起不想列印本名的念頭，忙去信說明。但郵件寄達時，文集已上機印刷，連累編輯趕到廠房，停機取下小名。打攪了當日的製作流程，一直不安，其實書已付印，改動大可不必，但出版社依然不憚其煩，主編先生與發行人對作者的尊重，至今感銘。日後了悟，再不好凡事偏執，小題大做，無傷大局可順其自然，有損原則才銳意堅持。

用筆名寫作，許多時確沒有披露本名的需要，只是間中會出乎意外地為不熟絡的朋友帶來不便。從前手機文化還未普及，一日回辦公室，同事告知剛有來電找「新奇士」，她回覆並無此人，複述時更沒好氣地講：「打嚟搵『橙』，嘅古怪都有嘅！」並沒意識名字有另類寫法。寫文章原是個人公餘興趣，為存私隱，從沒想過刻意在辦事機構公佈周知，上司同事全不知情。曾有報社和出版社來電，幸好由我接聽，話筒裏傳來尋人的陌生聲音，那個存在文藝圈的虛幻名字，驟然在我實際人生的主調空間響活起來，拿着話筒有點措手不及，小聲回應，㖭㖭哦哦，竟感到一陣「躲在門後」的刺激與快樂。

2

我是個糊裏糊塗沾染文藝氣息的邊緣人，最知道自己的位置，只宜藏身一角，遠觀文壇生態，避免出歪露醜，惹人笑話。深究起來，那種門背後自導自演的獨腳戲，其實打從誤入文壇開始，就在初次領稿費的歷史時刻，腼腆體現。記得六十年代末，開設在旺角花園街的友聯書店，是領稿費的地方，書店經常擠滿人。當時我緊捏一紙稿費單，佯裝在書架前瀏覽，卻一心留意近門口收銀櫃台處的動靜，待顧客散去，即上前遞過單子，心情緊張等職員發落。第一次稿費到手，頭也不回就走，既芳心竊喜，又怕讓人知道，說來好笑，寫槁領酬，本來天經地道，有甚麼不好意思呢，真是個少見世面的憨傻人。

當年生活水平低，文員薪水約二百多元，板間房月租幾十塊錢，領來的十元八塊稿費，夠幫補我與朋友在茶餐廳聊天飲冰、吃西多士。我少用稿費購買課外書、字典或鋼筆之類，只有爬格子用的四百字原稿紙例外。每回從「友聯」領稿費出來，例必去書店對面的大牌檔，吃它的名物魚蛋粉，畢竟愛吃是我的本性。牌檔旁有摺枱圓櫈供食客坐吃，我邊悠閒低頭嘗「蛋河」，邊抬眼看匆匆路過的行人，初出茅廬的文青，稿費不高，但好歹是自己賺的，顧盼間有種難以名狀的自豪感。

「友聯」後來結業，我也有一段時期擱筆，等到幾年後在文學路上重新起步，社會經濟已長足發展，工商業交易頻繁，銀行引進各式金融服務。當時大部分負責任、信用好的海外及本地出版社，慣常電匯或郵寄匯票、支票給作者，如果定期供稿，稿費更以自動轉賬形式，按月存入作者戶口。手拿稿費單，親自接過幾張花碌碌銀紙的實質感，不復存在，但無須登樓入店與人打交道，卻很對我的脾性。

這種怕見生人的作為雖不合時宜，仍算問題不大，最多予人不擅交際的感覺，但遇事瞻前顧後，拿不定主意，本無心待慢，可千迴百轉後，落得只讀不回的客觀效果。譬如收到稿約及其他活動邀請，可能因健康、情緒或旨趣不合，遲疑未覆；又如編輯命題已多次書寫，文思枯竭，再無新意，不想敷衍，故而左思右想，斟酌如何辭謝邀稿好意。隨後有事煩擾，暫且放下，隔上好些時日才猛然醒起，但徵稿或活動期限已過，更不好意思回應了。有時卻恰恰相反，對著作授權或文本轉引之類的要求，為切應當時心境，未經熟慮，即馬上婉拒。靜中反思，性情鹵直，應對欠分寸，再加處事沒章法，易招誤解，得失人還不自知，若曾引起各方雅士不快，實感萬分抱歉。

3

雖說寫稿領酬，事極平常，但作者有時眼看文章化成鉛字，或網上流轉好一段時日，不知何故，稿費依然毫無着落。望天打卦不是辦法，為稿費與人周旋交涉，到底不是愉快的體驗。多年前在海外媒體發表文章，一年後才收到稿費，不得已去信查問，其中的曲折和懊惱，提都不想提。有文友偶遇同類情況，為息事寧人，都只私下抱怨，但我對作者應得的不會輕易放棄，「賴賬」苦衷何在，至低限度有個交代。

寫作人是個體勞動戶，各自有不同的聲價與際遇，有實力的作家，稿酬絕少被怠慢，還隨時收到出版商送來的版權合約，但江湖地位不高、性格隨和的個體戶，若稿費被拖欠，大多悶不作聲。民眾又總以為凡文字工作者都是知識分子，這個慷慨送出的光環，似緊箍咒，使部分文化人多少沾染一點使命感，不自覺背負傳統文人包袱，持守兩袖清風精神，板不起臉為自己爭取權益。

閱讀上世紀二十至四十年代的文學作品，讀到個別作家貧病交迫、束手無策的自況和描寫，他們生活顛簸，自然與當時身處的社會政經環境，有千絲萬縷的關係。小市民在世局紛擾、物價高漲的時代，謀生固然困難，若身處戰亂之區，更易變生肘腋，性命隨時不保。當時個別書獃子文化人，或缺正式學歷，或欠一技之長，正職無望，就算幸運地可以副業的微薄稿酬為生，亦杯水車薪。

眼看家小凍餒，追討稿酬版稅唯有低聲下氣一途，腦力付出卻收不到應得回報，還為遲遲不來的稿費，硬着頭皮上報館和出版社問詢，反成了個討債人，洩氣之餘，少不免尊嚴受損，他們所以窮病潦倒，可能與長期的焦慮委屈脫不了關係。

4

一九八〇年春節，與《大拇指》朋友去北京小羊宜賓胡同，探望差不多八十高齡的沈從文先生，閒談中他提到在上海某出版社討稿費的往事。家累極重的沈先生，當時領不到半分錢，徬徨站在書店門外，看買書人捧着自己作品出來。這事對他來說，感受深刻，在不同場合反覆提過。沈先生的快筆多產，除了鄉土情澎湃、創作力旺盛外，亦為生活所逼，不得不賣字換錢，件工計酬，多勞多得。當然，文章質量有時難免不能兼顧，曾被批評寫得太濫，為窮疾書的苦況不被理解，但在生活艱難的情況下，他依然寫下動人的《邊城》、《長河》、《湘西》、《湘行散記》，以及其他寓意深刻、流露人性善惡美醜的小說創作。

年青時的沈先生，離開精神上從沒離開過的鳳凰城，由秀美樸實而封閉的湘西家鄉，沿着大河去到繁華複雜的大都市謀生，別的技能與學歷俱無。在他成長的年代，中國正從沉睡的狀態中慢慢甦醒，工商業處於草創階段，政經動盪，人浮於事，寫稿是相對自由且成本低微的事業，沈先生開始憑一管勤快的筆與出版商的良心，投入文字生涯，養家餬口。

要想在大城市站穩腳跟，沈先生面對過不少困難，如稿費遲遲沒發，或書的版權無法賣出，就算賣出，最終亦收不回應得版税；又曾在囊空如洗、賒借無門之時，稿酬竟不是可購糧交租的鈔票，而是購書券。老實說，用購書券代替稿酬真不是個可恭維的做法，除非事先說明，兩廂情願。

一心筆耕養家，為生計亦為志趣，以文章安身立命的個別寫作人，向大眾輸出精神食糧，做所謂「靈魂工程師」，力作彰顯的微言大義，日後縱得稱譽，有存世不朽的可能，但當前一刻，無論情操如何高尚，血肉之軀仍需米糧供養。精神食糧的提供者，卻諷刺地收到一紙換不來任何食糧的購書券，彷彿說文章風雅事，講錢失感情。煮字不能療飢，所謂文窮而後工，其實是迫於無奈的辛酸語。

沈先生如果缺少年青人勇猛求進的決心，與乎鄉下人堅忍不拔的本質，還有文學界前輩與同行的幫助，說不定早已被風浪擊倒，日後固然出不來一個為人敬重、風格獨特的鄉土作家，連他孑然轉身，退出文壇，埋首中國古代服飾研究後，交出的耀目碩果更無從談起了。

5

沈先生一九八八年過世，海內外有多篇懷念文章，我特別留意與他經濟情況有關的章節。沈先生二十歲那年，在北京嘗試寫稿為生，初得稿費五毛錢一千字，當時大學教授月薪三十塊大洋，五毛錢一千字，對年青作者來説，已是個不錯的開始，最重要經過幾番努力，在北京文壇得到前輩關顧，有被承認的感覺。

二十年代初某個冬夜，作家郁達夫到北京湖南會館探訪沈從文，據黃永玉在《太陽下的風景》中描述，他的表叔當時身穿兩件夾衣，流着鼻血，用舊棉絮裹住雙腿，雙手發腫，在沒有火爐、涼滲滲的小亭子間寫小説。郁達夫請他晚飯，其後再返家聊天，他離去後，沈從文才發現郁達夫故意留下羊毛圍巾，還有五元飯錢找回的三元二毛幾分，沈先生伏桌哭起來。幾十年後他仍牢牢記住，那頓飯共值一元七角多，有葱炒羊肉片，可見一飯之恩難忘。

散文大家梁實秋曾經提過，沈從文在他有份主辦的《新月》月刊寫長篇連載《阿麗思中國遊記》，因為窮，去新月書店討稿費，書店要他找梁先生在收據上蓋章。他去了梁公館後門，把稿費收據交傭人，梁先生奇怪他不走前門按鈴，卻走後門。初讀這段記述，想像他在梁府後門徘徊的情景，只覺十分淒惶卑屈，但想深一層，以鄉下人自稱的沈先生，本性謙和，生活樸素，有同理心，他選擇供低下人進出的後門等候，相信與自卑無關，除了不想為稿費登堂入室，打擾主人，更多是一種身份認同，並不自以為高人一等。就因為他的樸素天真，日後面對個人命運的曲折跌宕，冷嘲熱諷，才能順逆隨心，處之泰然。

前輩文人相濡以沫，扶助陷於困頓的同行和後輩，風範使人神馳。他們出於憐才，對沈先生愛護有加，不單送錢，還幫忙向出版商或雜誌社推介，這些人當中就有徐志摩。沈先生創作源源不絕，但因供求關係，找人出版時有困難，不是個解決生活的長久辦法，徐志摩推薦他給胡適，胡適介紹去中國公學教書。

有了穩定收入，生活好轉，沈先生賣掉一本書的版權，轉購幾套英譯精裝俄國小説送女朋友，不因嘗過赤貧滋味而吝嗇金錢。胡也頻猝逝，即送版税資助丁玲母子；長期省吃儉用，慨捐《沈從文全集》所有稿費，為鳳凰縣的母校文昌閣小學，修建圖書館。他得過不少好人援手，在力所能及時，又回饋需要幫助的人，先生曾感喟：「金錢對生活雖好像必需，對生命似不必需。」

6

時移世易，現代社會相對於百年前，民生環境丕變。八十年代末的香港，經濟蓬勃，接近全民就業，人均國內生產總值約美金一萬二千，直逼歐美國家，但文化人的待遇，相比外國仍有一段距離。寫作人一般稿費不高，出版商和報業老板也許跟隨每年生活指數升幅，調整員工薪酬，但同時調整作者稿費的相信不多，或者調幅很小，對刊物最主要的文字元素提供者，少有顯而易見的實惠關懷。

今天的年青作者，猶幸成長於摩登時代，多有專上學歷，思想浪漫之餘，亦行動實際，南來文化人更已適應現實環境，都聰明地在各類機構和行業掛單，或全職打工，或自由創業，收入渠道多元，不似百年風雲的戰亂險阻，世途艱困，文化人單靠時有時無的稿費支撐，以致窮病交加、食不果腹的苦況絕無僅有。

事實上本地文化圈生態，可以全職寫作，領得豐厚稿酬版稅（包括影視版權）養家置業、積聚財富的作家，亦鳳毛麟角。業餘寫作人早已徹悟，一定要有經濟條件作堅實後盾，衣食無憂才能知榮辱，將養精神，以文載道。就因為有賺取生計的本事，遇到稿費版稅被拖欠，交涉雖耗時，總還有迴旋餘地。有小規模出版社稿費間中遲發，或為人手短缺，時間迫促，精力先聚焦到書籍雜誌的編印實務上，開備稿費支票或安排銀行轉賬暫緩處理，拖延可能並非故意，當然也不排除行內有作風不正的經營者。情理上雙方只要誠意溝通，作者多能接受，且總以非凡耐心默候，為的是惺惺相惜，今時今日，難得還有視富貴如浮雲、願為文化傳承出力的有心人。

除長期供稿的特約作家，與出版方或有白紙黑字協議，一般作者自由投稿，只要編輯青睞，文章刊出，報館或出版社就會寄來稿費單和支票。文稿發表既不定時，出版方與作者也不是僱傭關係，更多類似同道相知，從來一方來稿，一方付酬，稿費收發程序約定俗成，沒甚麼繁文縟節。若出版社有意把文章結集，雙方才認真簽署合約，列明條款細則。法治社會講合約精神，如上世紀被蒙在鼓裏的沈從文先生，稿費變成購書券，教人啼笑皆非、大失預算的事已極少發生。

7

多元社會千行百業，生意人總要面對和解決各自的局限與難題，只要業務與時勢配合，用心謀劃，賺取盈利或做到收支平衡不致太難。但眾多行業之中，少人寄望出版業能夠賺大錢，財力雄厚產品多類的文化出版集團或者例外。經營非潮流類文藝讀物的小眾出版社，如果可以收支相抵，保住微利，已屬高手。他們勉力維持，版稅或需以回贈作者新書若干本的形式支付，文稿若在旗下雜誌刊出，亦事先説明無酬，唯以該期雜誌數本回魄。這類大多出身於文教界的經營者，甘冒風險，明知故犯，最大原因是同屬文學發燒友。

這小島經濟活力強勁，時近歲晚，走在荃灣葵涌紅磡觀塘一帶街頭，經常看到工廠招工的貼紙和海報，上寫「糧期準，前途佳，件工計酬，廠車接送」。其實，部分行業勞工與寫作人，本質上同樣從事手工業生產，前者用勞力製造器物、提供服務，方便民眾日常生活；後者耗腦汁撰時評，談文說藝，多元創作，提升讀者的文化視野與趣味。

各階層勞工辛勤工作後的回報，得以不同形式如升職加薪、年終雙糧來體現，或多或少共享社會經濟發展的成果。唯獨寫作人最沒保障，全職個體戶手停口停，固然無薪可加，亦從來不與醫療和退休福利沾邊。至於業餘作者，雖慶幸不用依賴稿費版稅過活，但靠正職取得的物質回報，與寫作付出的心力並無因果關係，亦未能稍減精神上的孤零感，只有文章得到共鳴、回應、欣賞、批評，甚或有幸得個把文學獎，標誌着踽踽獨行的文耕事業被認同，才有一點心靈滿足，經受過的長久寂寞也就無足掛齒了。

8

從上世紀八十年代走到今天，世界已為無線網絡覆蓋，愛好舞文按鍵的寫作人要一抒高見，除實體刊物，還有網上文學平台，再不愁沒地方發表。他們又可在面書或從民眾募資的意見平台，化身網誌作者或關鍵意見領袖，稿費不以件工計酬，而以點擊率、會員人數分成或其他形式計算。讀者活躍登入，回應快速，閱讀人數在數十與數百之間，個別平台的追隨者甚或盈千上萬，人氣熾熱，互動頻繁，正是新媒體時代的運作日常。

文字載體移形換影，電子書可以下載至各式不同裝置，彈指可讀，傳輸久遠，紙本書則藏身圖書館和店鋪書架，斯文憔悴，悶待知音。近年更有人工智能的深度研發，誰敢說將來不會取代人類的天生智能，成為可以書寫各類題材、有全方位認知能力卻欠人性內在情感的AI作家。假如有一天，智能科技發展到極致，人腦寫作受干擾或被忽視，只怕作家亦要加入失「位」大軍，如其他被人工智能淘汰的行業一樣，無奈淡出創作舞台。

文化生態對比今昔，跨步之大，使人慨嘆。舊世代的老派寫作人，閉門慎處，臨池顧影的疏淡情懷，面對洶湧而至的科技激流，勢將消弭隱退。

原刊於《香港文學》六十一期，一九九〇年一月

二〇二四年五月六日最後修訂

故物寄情

二〇〇八與二〇一一年，先後發生中國汶川八級與日本東北九級大地震，從電視新聞報道的畫面，見識過地震引發海嘯的驚人破壞力，曾在文章提過，生怕大難橫來或病魔忽至，來不及處理身外物，要勞煩親友收拾，更娓娓細談整理書信時的諸般情態與顧慮。後來筆鋒一轉，又認為老式人對好書墨香有不能割捨的感情，希望在手邊多耽些時日，不急於一時送走。

這幾年疫病纏繞，時聞親友感染確診，更覺生死無常，禍變難測，實不宜拖延懈怠，再遲只怕有心無力。結果存書在我家多耽上十載時光，直至二〇二二年初再三翻檢，積極聯絡可能接收的機構，終來到相分的時候。我把娛情長智的身外物分成四大類：文學類書刊雜誌、積存的舊稿和信札、主要與香港粵劇相關的物品、戲劇戲曲類專書，另加一台古箏。

我的存書數量不多，其中文學類書刊雜誌，除了留下《乾隆甲戌脂硯齋重評石頭記》與《紅樓夢版刻圖錄》兩套藍皮線裝書；全套「素葉叢書」和《素葉文學》、全套《文林月刊》；數十本有題簽的文壇朋友大作，以及仍處「斷捨難」階段的小量中外古今著作外，伴我輾轉遷移的其餘存書，二二年八、九月間，已分三次送去接收的文化單位，作年度義賣，而部分文學雜誌得院校圖書館收存。

好友認識一位國學修養深厚的中文老師，老夫婦先後大去，一屋藏書字畫被親屬後輩搬出門外，歡迎有緣人自取，並通知清潔工，剩書三日後便作垃圾處理。現實無情，聽來傷感，為免也曾珍視的存書被人兩三下散手，全丟垃圾房的淒涼命運，雖感身外物的裝箱過程煩瑣吃力，仍盡量親送一程，希望它們遇上愛書人、惜物者，繼續知識流轉的旅程。

整理手稿、舊稿與有關文章的影本並不太花時間，只是過程中重見少作，竟有陌生感，並為自己的幼稚耳熱臉紅。文稿決定存廢後，寫妥文件夾標籤，擇日可以送走，但處理私人信札卻十分費神，不似事務性質的函件可輕易打發。自一九六九年投身社會，認識朋友，書信往還，少不免存下數量可觀的信件與明信片，有細說現實生活的平順或困頓，有傾訴感情的挫敗或轉折，筆尖滿載的真情實感，透視出彼此相遇相知的人生步跡，讀來親切，委實存捨兩難。

一九八四年前後，曾收過朋友妻子七封來信，斷續訴說她在破敗的婚姻關係中，掙扎、痛苦、感悟、終而放棄的跌宕心情。只有當事人才能解開的感情糾結，作為曾經使她敞開心扉、予以信賴的人，我除了聆聽，一切愛莫能助。她其後決定分手，不再在丈夫朋友圈中現身，慢慢斷了音訊，直至多年後出席朋友喪禮，見她與兒子靈堂默坐。往事如煙，收藏的幾十頁信紙已輕脆變黃，撕掉前重讀，昔日她的椎心痛，我的無力感，依然沉重。

年紀大了，記憶力衰退，好在無端生出整理身外物的迫切感，閒時翻出書信檢看，發現竟夾雜寄自海外和本地的讀者來函，信中寫下對小說〈真相〉、〈青色的月牙〉與散文結集《閒筆戲寫》的讀後感。四十年前來自台北、木栅、新店和尖沙嘴山林道的回響，今日重溫，讀者的真誠和善意，仿似暖流漫上心頭。

記得《閒筆戲寫》面世後，讀者反應極少來自戲行，大約九八年底，出版社忽轉來一信，是八、九十年代全情投身粵劇粵曲創作的撰曲家溫氏來函，謙和地回應我對他新作「陳世美不認妻」公演後的淺見。溫氏浸淫曲藝數十載，信中自謙「學習寫手」，昔日新晉已成今日少數中堅，為編劇撰曲人才疏落的粵劇界貢獻心力。重現眼前的藍筆字跡，喚醒我近年已然沉靜的戲曲情懷，當年讀信時的歡喜，且依稀猶在。

七十年代是我青春勃發的人生起點，與幾位朋友相交，成就難得的終生友誼。長久以來，雖散處異地，各有追求，仍時相記掛，其中有健和儀。一九七八年措手不及，遭逢感情的大挫敗，情緒極度低落，苦海中幾乎沒頂，傷鬱焦慮期間，有遠走他方的打算，於是想起移民澳洲的健和儀，寫信向他們求助，就因為有擔演傾訴者角色的這段前奏，六年後變身聆聽者，更深明朋友妻子情傷之苦。

移民在陌生國度應付生活，總有無法預料、需要克服的難題，但健和儀仍極速回信，信中滿載夫婦倆對我的關切之情，歡迎我去墨爾本散心，他們家可作居停，只要帶備隨身衣物，一切自有安排；更以同理心不斷開解寬慰，又詳細說明申請長居與工作的條件、手續與實際困難，讓我有充分的心理準備。

自一九七六年九月至一九九八年四月，我收存他們寄自澳洲和加拿大的信函共二十一封，回應我谷底呼救的好幾封來信，洋洋灑灑寫滿四五頁紙，字裏行間不忘為我打氣，「希望你能堅強一些，我和儀會為你默禱」;「當你孤立無助時，我們正時刻想着你，這兩日你的信在運送途中，我和健幾次提起，為何還沒有來信呢？在現實環境中，我們分開得遠，幫不了忙，但記着，無論你將來作出任何決定，我們都支持」;「極之希望你能來，這裏基本食用便宜，居住問題又已解決，你不應用『負累』

二字，如果真正視我們為朋友知己」。多年後的今天，讀着來自遠方的種種濃情厚意，依然有淚崩的衝動。

我最終沒去墨爾本，選擇穿過人生的黑暗幽谷，努力面對，重建生活。有這樣的頓悟，因忽然清醒，自揣沒有適應異國環境的本事和勇氣，更沒理由自私率性，打擾朋友平靜的生活。他們其後回流，住在美孚，一九九〇年再移加。我們間中電郵或用環球風行的通訊軟件聯絡，提筆寫信的習慣早隨時流消失。進入網絡時代，捧讀友人手札的暖心感覺，已難得再有。

感情上，朋友親筆的舊時書信，還有貼上郵票、飛行萬里的信封郵簡，理應珍惜，與我同朽。但年紀大了，若然轉念，希望一朝撒手，盡量不留物痕的話，就要調整心態，實行銷毀日記和信件前，好好把握有限餘生，多讀幾遍。歲月快速回帶，縱有百般滋味，一律甜在心頭。

翻出健與儀一九九一年十二月二日來函，儀在信中講了個笑話，當時看了，開懷大笑。有一天，她問兒子關於人死後去哪裏的問題，大兒子答人死後去陰間，基督徒去樂園，等待審判。儀再問，那大主教徒去哪裏呢？小兒子馬上回應，去美而廉。儀隨後寫上按語，美乎有賣潮州魚蛋粉的店鋪名「樂園」，另一間賣雲吞麵的喚「美而廉」。此時此刻，苦熱炎蒸之下重讀，仍忍不住失笑，想到當年兩個孩子的天真童語，確能清心淨火，暫避疫下煩夏。

九十年代初有十年光景常看粵劇，愛泡戲院的日子，認識不少戲迷朋友，有點頭之交，止於禮貌微笑；有間中來往，時約戲前飯聚。每年離島演神功戲，又索性島上留宿，小旅館落腳兩晚，有久違的中學宿營感覺。晨早與陽光鳥語結伴，島上漫遊，巧遇戲迷朋友，即在路邊閒談昨夜演出。午飯時候，不同戲迷群組散落不同風味食肆，繼續聯誼。晚上海邊鑼鼓一響，各路人馬歸隊，都鑽進燈火輝煌、彩旗招展的大戲棚。

戲迷中盡多攝影高手，他們忙看戲，亦忙舉機，不惜金錢時間，奔走戲院與沖印店之間，第一時間沖曬照片，分發友好。彩照有時免費，旨在分享，有時酌量收費，為幫補成本。攝影師群像有男有女，各施各法，有專門特寫演員的唱容身段，有愛拍充滿動感的群戲場面，拍下的海量劇照，美不勝收。其中曾共事中文大學的李君，不單時有劇照餽贈，更送我一本相簿，是他拍攝離島神功戲的全舞台紀錄。李君又曾為我多年存下的七十套舞台錄音帶，轉錄成二百零四隻光碟，以便保存。光碟音效質佳，標題字美，他的熱誠認真，我一直銘記。

隨着時光飛逝，風移世變，演員與戲迷同時老去，或先後移民，或不幸病歿，老倌息演，劇團停辦，戲迷四散東西。看戲的情懷與興致消褪以後，閒來檢視多年收存的舞台劇照，自然想起昔日因戲結緣的花旦朋友，以及在戲院共度無數晚上的港澳戲迷。風格各異的照片，為老倌的表演與觀眾的投情，留下一幕幕動人片段。戲迷攝影師的耐力、心血與迷癡，豈忍辜負，存下的一千五百多張照片，是舞台演出的忠實呈現，絕對不會隨便銷毀。

為這批照片及其他與本地粵劇有關的藏品，如單張、海報、場刊、特刊、影音產品、舞台錄音光碟等等尋找理想歸處，比單純處理存書複雜得多。先要把散落四處的藏品集中，再分類歸結。劇照和舞台錄音光碟，分別用相簿、光碟套收納；幾十卷海報捲好，五卷一個單元，放入窄長透明膠袋中；單張、場刊、特刊、閃卡用透明文件夾存放；影音產品則安置紙皮箱內。前後兩個月，整理出百個項目四大紙箱，二三年八月中，幸得院校音樂系派人接收，歸類戲曲資源。

至於戲劇戲曲類專書及一台古箏，則於二二年十月送去演藝教育機構。後來接該機構職員訊息，極盡責地交代進展，告訴我贈書分存戲曲學院與圖書館，古箏接收後，亦已安排作學生演出或上課之用。

知道古箏去處，實感莫名寬慰，它是個十八弦箏，鋼絲弦，不肯定甚麼材質，柚木色面板，深啡色琴身，全長五十八吋，寬十二吋，連草綠色琴盒，估計是蔡福記出品，是我七十年代中，跟曾照農老師學箏時買下的。老師在古箏的琴頭處，沿琴身繞上一條薄身透明膠條，寬吋半，十八條弦線架在排列如雁行的箏柱上，透明膠條穿過十八條弦線，並對應每條弦的位置，分別用紅黑筆寫上五聲音階56123，標示每條弦線的高低音符，讓初入門的學生容易掌握。那時候，每星期去深水埗新寶大廈老師家上課，入門從指法學起。老師執正傳統教法，口傳身授，略講重點，然後示範，我依樣葫蘆，用心模仿。每次先複曲，彈一遍上次傳授的樂曲，讓老師指正，彈得不好的曲段反覆再練，過關了，才學新曲。

由從未接觸過弦線，到戴上假甲，彈出〈別鶴怨〉與〈平湖秋月〉等曲目，自覺還不太蠢，雖然技法生澀。老師指導下，彈奏時平正身子，臂腕手指鬆弛，右手管音，主要用拇指、食指和中指，配合「托、抹、勾」等技法彈奏，三指形態如倒垂蘭花；左手控韻，當右手拇指彈托某條弦線，左手兩指即在該弦的雁柱左方揉按，以

「吟，揉、按、滑」等技法潤色音韻。

老師的箏藝屬潮州箏學派，六七十年代香港的潮箏演奏風格，仍承襲傳統，不重花巧，未受後來愈趨繁富的技法改革影響。自抒胸臆的曲目普遍古樸柔和，莊正儒雅而韻味深長；歡慶激昂的曲目則跌宕有致，聲情並茂而氣韻生動。抹托勾彈間，音色明亮圓穩，不濫用裝飾音，奉簡約為美。

五十年前的學琴日子，部分細節已模糊，既想不起當初學藝的原因，也搞不清為甚麼在芸芸高手中，獨要做曾老師的門生。年輕時對學習新事物充滿好奇，成天學這學那，風火輪般轉，樣樣一知半解，我的學箏時期不長，一貫地蜻蜓點水，亦忘記停學的因由。以存下的五十餘份曲譜計，老師每兩至三星期授曲一首，視長短而定，相信學習期至長不超過三年。曾經是親密伙伴的那台古箏，好幾年寂寞地掛在牆上，間時心血來潮，取下操練，濕度變化和地心吸力的緣故，少不免走音。搬家沙田時，曾請早年中大建築處同事莫先生，上門調音，他公餘教箏，時作公開演奏，是大學校園的隱世高手。

古箏其後平放，長睡床下櫃格之中，直至送走前一星期，才掀墊褥拆床板，請它出山。我抹淨綠色琴盒上的微塵，細看素面柚木色琴身，十八條弦端端正正，繃得緊緊。另有一盒假甲，白色軟皮及牛骨製，戴在拇指、食指和中指上彈奏，兩套六隻，安放在抽屜中透明小膠盒內。膠盒下有文件夾，內收五十餘首曲譜，有古曲套曲、江南絲竹和廣東小調，如〈塞上曲〉、〈春江花月夜〉、〈胡笳十八拍〉、〈蕉窗夜雨〉、〈高山流水〉、〈禪院鐘聲〉和〈雙聲恨〉等等。老師的本色潮州箏譜，則有〈出水蓮〉、〈小桃紅〉、〈柳青娘〉、〈平沙落雁〉和〈錦上添花〉。

當年對老師的認識，只限課堂，課餘並無交往，近日箏、譜、指甲倏忽重現，難免往事縈懷，想起老師。上互聯網搜尋，只找到一位八和會館會員袁女士，她的資歷項下，簡單列明曾業餘參與本地粵劇團拍和工作，主奏古箏，從正職退休後，才積極從事粵劇拍和，師承曾照農與項斯華。互聯網原來並不神通廣大，我找到的僅有資料，只提及老師大名，並無其他訊息，再查看與中樂有關的網頁，亦不得要領，連一小段錄音也沒留下。悵惘之餘，聽一遍陳蕾士老先生的潮箏〈寒鴉戲水〉，借曲抒懷，重拾淺印輕痕的一段萍水師緣。

原刊於《人・情・味》，匯智出版，二〇二三年七月

二〇二四年四月八日最後修訂

疫下潛居十記

1

病毒二〇一九年夏秋之交蠢動，翌年初掩至，肆虐全球，舉世少有健土，各國和本地防疫措施、隔離政策，成了民眾出行的莫大障礙。病毒暗室潛行，隨機變異，一二三四五波來襲；專家疫苗研發，亦一二價臨床開打，交手不知多少回合。大部分時間敵暗我明，防不勝防，只見確診病人時減時增，醫療當局經常呼籲種疫苗、戴口罩、常檢測；又不時調整入境檢疫措施、社交距離、娛樂餐聚人數，並不厭其煩宣講防疫訊號燈：紅黃藍綠碼。

在疫情反覆、戰事方興的環球態勢下，國際間出行曾幾陷停頓。除了為工作、移民、探親、奔喪非走不可的人，島民無奈困居三年，抗疫漸呈頹態，老想着甚麼時候能夠自由進出，換地舒氣。盼得政策調整，外遊返港的酒店隔離天數縮短，甚而取消，即急不及待報團，甘冒染疫風險一飛沖天。

三年來朋友閃聚，親戚少會，人際關係疏離；商家苦撐，經濟低迷，社會隨疫擺盪。似這樣子長期膠着，不是辦法，人總得要生活下去，不甘坐困愁城，何妨苦中作樂，帶點幽默悲憫，在非常時期努力過復常日子。

成年人久經歷練，雖不知世紀疫病何時得了，亦厭煩作息活動時受干擾，唯有苦守，但孩子不知規範掣肘為何物，不明白為甚麼有病毒就要呆在家中，不見同學玩伴，不去學校公園。長時間少機會與人互動，對孩子的成長絕非好事，後遺症可能有不合群、難專注的社交和學習障礙。從早到晚困居斗室，有家長陪伴教導還好，否則，性情文靜的或致反應遲緩，懶慢少動，跳脫的又容易使蠻率性，妄作非為。

一天離家外出，經過居所樓下的休憩小園，見管理處為防群聚感染，用黃色膠帶團團圍起外緣，不准進入。有孩子不理封條，跨步入內，可惜面對被鎖起的滑梯鞦韆束手無策；長者見平日操練腰腿的踏步設施，被麻繩交叉綁住，亦一臉惘然。他們封鎖線外觀望，對休憩處成了禁足地，怏怏不樂。

身後忽傳來小兒哭喊，聲震休憩小園與行人通道，遁聲察看，有三四歲年紀的小男孩，顛來扭去想掙脫被老人家緊緊捏住的小手，小腳同時用力蹬住梯級邊沿，斜簽着身體拚命向後撐，拒絕踏上進入電梯大堂的第一級樓梯。他邊掙扎邊反覆呼喊：「我唔要番屋企，我唔要番屋企！」為了拒返幽閉的家，延續難得出外遊逛的自由，激情可憫。在老人家的巨掌與斥喝中，男孩滿眼是淚，蒙着口罩力竭聲嘶，反抗何其淒厲。

2

居住屋苑有九座大廈，共三千五百伙，疫情以來，有確診或居家隔離個案零星出現，屋苑清潔員工忙於清洗確診座數，消毒每一樓層的公共地方，管理處亦不時通報大小突發事件，讓住客做足心理準備。二一一年初，農曆年假過後不久，某天黃昏，收到屋苑群組的疫情資訊，管理處同時貼出通告，大廈有人確診，依衛生防護中心指示，住客兩天內須做兩次強制核酸檢測。

翌日無奈前往住處附近的臨時檢測站，體驗防疫新秩序。檢測站設在工業區一個附有小型足球場地的遊樂場內，旁邊是個老圍村，村民在村前牌坊下守護，提防完成檢測而陰陽未辨的「疑犯」，擅闖家園。空場上用軟繩作圍欄，百多個市民目光空茫，沿着繩欄作S形排列，向藍色檢測帳篷有序前行。周圍婆娑大樹擋住日頭，微風吹拂，輕撫一顆顆煩躁的心。

六個藍色帳篷外是出入圍村的小路，連接大街，街外樹下有一所外觀清爽的平頂公廁。長時間焦灼排隊或令部分市民神經反射，膀胱敏感，檢測站選址不可謂不周到。公廁光潔明亮，用自動抽水系統，還音樂悠揚，抒情音符使人安靜排解，精神鬆弛。沉悶的強檢活動，因為在尋常街巷遇上摩登便所，才不致過分無趣。

遊樂場入口有人負責分流，七十五歲以上長者可免輪候，優先登記身份證與手機號碼。此時與我同住一座大廈的街坊，八十多歲高齡婆婆在親人陪伴下，很快完成登記，但沒有優先檢測的安排。工作人員或見她沒坐輪椅，不扶手杖，只動作稍慢，並沒意會老人家多因體力局限，不能久站。婆婆震騰騰低頭穿過繩圍，站到S形行列隊尾，親人放好攜來的膠矮凳，讓她坐候人龍移動。

隨着行列前進，她辛苦坐下，又再艱難起身，前挪幾步，如是者頻頻坐下站起，排隊的市民看在眼裏，終有人按捺不住，對婆婆的陪伴者講：「看來還要輪候個多小時，她是高齡長者，理應可以優先，帶她前頭去，老人家不要在這兒苦挨着排隊。」陪伴者起初猶豫，怕被人怪責插隊，但在七嘴八舌的鼓動下，她扶起婆婆，挾着膠凳，向站在隊頭與檢測區之間的工作人員緩緩走去。民眾關切的眼神一路目送，短時間內不見兩人回來，大家似乎鬆了口氣。

躁動的人間世，萍水相逢又相分，眼前溫情一幕，固然暖心，但一樣長者排隊，不同場面自有不同風景。身為退休族，疫下多留家中，如有機會外出，總也捎帶着多辦幾件事情，多買些肉菜和日用品，家裏不缺物資，可隔四五天才需下樓，省卻消毒外衣鞋袋的次數。二二年二月底，在中大醫院接種疫苗後，如常往採購，一踏足常去的商場通道，已覺氣氛有異。當時正值第五波疫情初起，單日確診人數動輒二三萬，商場十分冷清，但這天人流明顯增多，大都兩手提着滿是民生物品的白膠袋，散向四方出口。正疑惑間忽然記起，月初曾傳出三月或會封城禁足，全民檢測，這添補物資的集體大行動，想必與傳聞有關。

非常時空下的市民，危機意識特高，丁點兒風吹草動，即全身心轉入自保模式，尤其管控一家飲食衛生的主婦大軍。為怕霎時間物資供應不穩，亦恐商鋪超市或會短暫停業，還是多買一點，未雨綢繆。超市內盡是目標明確金睛火眼的「獵民」，手推車放滿廁紙梘粉、酒精紙巾、雞蛋凍肉、蔬果餅食。菜格肉櫃大多清空，五個收銀機位前排出幾條人龍，大家默然守護着戰利品，緩慢向前移動，就在這凝重的氛圍中，忽爾來了一段小插曲。

一個六七十歲上下年紀的灰髮婦人，兩手拿着幾件貨品，在人龍之間徘徊，似乎想找一條相對較短或移動較快的行列，還喃喃自語，對眼前情景極不耐煩。她未必有在眾目睽睽下插隊的膽量，可能只妙想天開，希望有好心人關照，但在人人都要付出耐心和時間的隊伍中，誰也不願犯眾怒，讓她站到身前來。

灰髮婦人逡巡幾次，再度在我眼前出現，一把女聲前頭爆出，苦口婆心地講：「而家乜嘢時勢，到處購物都一樣，要排隊！唔好行嚟行去浪費時間，再行條龍更長。」灰髮婦人似聽而不聞，腳步卻慢移，踟躕走向隊尾。在付款行列之間游離，純屬個人行動自由，她始終沒有插隊，但對「獵民」來說，周邊多了個意圖不明、估計想伺機打攙[1]的人，畢竟有一種無形威脅。

在急景忙亂的疫下超市，焦慮的購物者輪候付款，依然恪守排隊意識。民眾在學校教育和公民教化下，大都自重自覺，保持適當距離，少有爭先恐後，維持本地良好的排隊文化。近年在個別場合，雖偶見「老鼠屎」搞壞一鍋粥，仍希望這種文明長久守得住。我在這片出生地從稚童升級長老，目睹各式與民生相關的排隊行列，不論音樂會入場、輪玩機動遊戲、酒樓候座、站頭候車、抽獎投注、登記投票、輪籌看病、打針檢測、領防疫包等等，都體現高質的人文修為，是城市一道彰顯教養的美麗風景，可惜在日趨複雜的多元社會，凡事總有例外。

〔1〕打攙，俗寫「打尖」。

4

一天中午，約朋友在尖沙嘴某地庫飯店午聚。抵埗時，食肆還差五分鐘才營業，因強制使用「安心出行」防疫應用程式，顧客自覺在接待處排隊。當時客人不多，前面女士掃碼後，我把手機放到「迷宮圖符」的上方，準備掃描，忽斜刺伸出一隻粗黃手臂，持機橫來，強行架在我手機之上，插隊掃碼。

莽漢不守秩序，豈能啞忍，馬上正容指斥，對方個子不高，膚色黃實，理屈聲大回嘴：「我哋訂咗七位。」訂了七位就可以打欃嗎？可謂強詞奪理。接待處職員不敢得失惡客，任由他態度狂妄，揚長入內，苦笑低聲說，莫理野蠻人。

現實人生，為一己私利爭先插隊，自以為醒目，但在另一條被造物主強制站隊，終極走向死亡的長長行列中，這類熱衷打欃者，貪戀俗世浮華，估計又會忙不迭地主動退後，禮讓唯恐不及。可惜命數難違，塵緣甚麼時候到頭，向幽冥報到的列車上，你的坐次超前抑或落後，只有天心知道，不時調整安排。有前輩轉述友人的話：「我哋排住隊等落車。」委實確切，而且保證無人能夠插隊，還身不由己，隨時被動打櫼。

三年疫病持續，人人普遍心煩，在政府公佈本地確診者病亡的資訊外，最傷感莫如從報章傳媒看到散居各地的學者、編輯、文化人和史學家故去的消息，至於跟電影新浪潮時期關係密切的法、意演員和導演死訊，更喚起我曾做忠實影迷的年輕日子。朋友噩耗私底下傳來，腦海亦不期然輕泛微瀾，閃現久已失落在記憶汪洋的零光片羽。逝者有認識的本地文壇元老、不熟絡的文化圈中人，還有曾經共處的舊同事，他們未必死於疫，卻為了各種不同的病因撒手。

5

二〇二一年五月與九月，先後收到戴天和蔡炎培故去的消息，二二年一月中，再傳來古兆申（古蒼梧）病逝的手機留言，不禁神思悵惘。我七十年代初報讀「創建學會」電影班，由羅卡主講，因不是戴天和古蒼梧主持的詩作坊學員，偶爾在學會或其他場合巧遇，只微笑點頭，應答幾句。

七十年代初，不確定是哪一年的大年夜，曾去當時戴天、胡菊人在太子道合租的住所「愛華居」，參與送舊迎新的「盤古華年」。多年後我仍記得〈辭歲歌〉（包奕明創作）的部分曲詞：「有幾個朋友，有幾番壯遊，有幾件創業，有幾滴同情的熱淚，……掃盡舊塵，迎新年，做新人，就此辭歲。」那是我這個充滿好奇的文藝幼稚生，與幾位當時引介文哲政美新思潮的文壇先進，僅有的一次同場。短暫的創建時期結束後二十多年，戴天在九一年中及九五年初的《信報》專欄「乘游錄」，還美言「素葉」和拙作。

關於一手寫詩、一手寫馬經的詩人蔡炎培，早年如何認識已十分模糊，最大可能是在友人鍾及戴工作過的《明報》報社初識。那些年與她倆先後在英皇道亞洲大廈賃房同住，從蝸居走不多遠就是報社，我間中去探班，認識她們的上司雷坡、漫畫家王司馬，可能也曾與蔡詩人打過招呼。二〇一七年六月，作曲家盧定彰，取材西西小說，為香港和聲室樂合唱團作曲，結合朗誦和錄像的合唱作品《瑪麗個案》，在尖沙嘴聖安德烈教堂首演，素葉友人相約觀賞。原來主辦方亦邀約蔡炎培同場朗誦，教堂內乍見久違的馬經詩人，有點出乎意想。

在詩文盛名以外，另以崑曲大票友見著於兩岸三地，同輩朋友暱稱「古仔」的古兆申，近年就只偶然在劇院及崑曲講座瞥見他的唐裝身影，或者通過閱讀他的部分著作及由小思、熊志琴取材訪談記錄，整理編寫的《雙程路——中西文化的體驗與思考》，還有觀賞華人作家系列的「四人行」紀錄片，多了解他的情況。他與友人創辦過幾份刊物，其中有《文學與藝術》雙月刊，還有他與戴天同為創辦人與編輯的《盤古》與《八方文藝叢刊》。一九九〇年十二月台灣漢聲雜誌社出版的《戲齣年畫》，印象尤為深刻，主、副編為古兆申和陳輝揚，後者亦為書中「細部欣賞」撰文，在細訴戲曲幽情之餘，同時呈現民間木刻素藝之美。

《戲齣年畫》全書分上下冊，共四百頁，作者王樹村，總審訂曹振峯，分「說戲」、「說圖」和「細部欣賞」，介紹不同省地的戲曲年畫。選用可承受高速印刷屬宣棉紙系統的海月紙印製，特意着重分色，呈現版畫的「明艷沉蘊」，風格古樸。古氏為專集投放的熱誠，相信來自終生對崑曲的不離不棄，他晚年積極療病，低調生活，沉醉唱曲吹簫，全情投入崑曲的整理、研究和推廣。

最近翻開他的詩集《銅蓮》（素葉版），扉頁上題簽日期一九八一年一月三十一日，當為新書面世後，素葉朋友與作者共聚，他在席上題贈。古蒼梧與素葉幾位元老是舊識，早年不單交詩集予素葉出版，《素葉文學》創刊後，亦不時來稿，以光篇幅。前幾年又在「素葉工作坊」製作的《候鳥——我城的一位作家》紀錄片，同與陸離友情亮相，對朋友的支持，數十年始終如一。

6

二二年六月中旬，疫情未有衰竭之象，手機「九龍分行」群組忽接訃告，不禁忐忑，以為新冠疫戰再添認識的舊雨新魂。發佈者是其中一位成員的兩位公子，他們母親是我一九七三年認識的銀行同事杜麗莎。經歷三年零四個月的金融生涯後，我轉職教育機構，她後來亦離開銀行界，似在一間代理歐美名牌眼鏡框架的公司任職。

近年與我保持來往的另一位舊同事蒙妮卡，設定銀行群組，成員除杜麗莎和我，還有安琪娜。蒙妮卡曾中風，出入坐輪椅，她正向自強，保持求知慾與好奇心，勤於物理治療，加入病人復康組織，參與機械手計劃，照常社交和海外旅行，在不足為外人道的困難條件下，努力生活。我對她由衷佩服，同時自省，個人再有所謂不如意，相對於蒙妮卡，豈敢有怨。

我們四個相識於花樣年華，成長背景各異，工作崗位不同，我和杜麗莎在匯款部門，我負責票據匯款，杜麗莎外文好，專責電文匯款。電匯通常銀碼大，她就坐在外籍部門主管辦公處的玻璃隔屏外工作，方便「波士」就近指令。回想這段職場日子，總算無風無浪，唯一挑戰是每遇杜麗莎放大假，我要硬着頭皮頂上，面對一台不常操作的電文發報機，雞手鴨腳，連累波士陪我加班。

二〇一六年五月，四人在德福廣場喜悅軒餐聚，知道杜麗莎熱愛花藝，是個插花高手，我送她一個方型綠水紋琉璃花瓶，想不到當日竟是見她的最後一面。杜麗莎後來插上幾枝疏落有致的火燄百合，賁張的綠葉，火辣的花蕾，與綠琉璃渾然一體，還特意拍照傳來，喜見綠琉璃終得其所。

我們公餘曾去法國文化協會學法文，杜麗莎後來的老闆是法國人，外文學以致用，蒙妮卡記性好，法文亦有用武之地，不似我早已丟三忘四。尖沙嘴半島分行共處幾年後，各奔前程，在以後的漫長歲月，三人曾來訪我家一次。她們仨往來密切，不時茶聚旅行，認識彼此家人，我則比較疏離，近年加入群組，互動通訊才多起來。

有時讀到一些不明所以的群組訊息，或者傳來網上有關醫療的短片，閒話某類疾病的療效和反應，因不清楚來龍去脈，不便插嘴。杜麗莎曾提及她的手因病失去活動能力，故而勤寫毛筆字，希望加強物理治療效果，不介意字寫得歪扭，還把習作上傳群組。至於得了甚麼病，其他成員沒講，當事人也沒特意提起，事關私隱，更不好意思問，直至最近，才知悉她因肺癌去世。群組訊息顯示，她逝前幾天，午夜昏迷，送醫院急救後甦醒，其後出院回家，卻是迴光返照，最終還是沒有脱隊，跟上返本歸源的隊伍，解除病苦。

從訃聞知悉杜麗莎家人依從遺願，捐出遺體作教學研究之用，告別式後，遺體送交香港大學醫學院，待一切處理停當，再通知親友骨灰安放地點與日期。杜麗莎心地善良，曾為我一位要去巴黎進修的朋友，義務急補法文，她樂於助人，最後還以大體老師身份，遺愛人間。她在手機群組個人資料項下，鍵入「金翅自由鳥」五個字，在渺渺無垠的宇宙空間，終如金翅鳥一樣自由飛翔。疫下為表哀思，我以杜麗莎名義向慈善組織捐出區區帛金，延續她的大愛，祈願安息。

7

街上經常遇見蓋着透明膠面罩的手抱幼兒，還有戴着彩繪花朵或者卡通口罩的小朋友，有乖乖拖着母親的手，搖擺學行；有幫工人姐姐抱拿廁紙，一條十卷比他身量還高；有指手劃腳，對大人諸多要求；有你追我逐，跌撞戲鬧；有扭計哭喊，蹲地不走。小兒無論耳額如何紅熱，淚沫如何噴灑，口罩依然安掛臉上，實行泰山崩於前而罩不脱。本質好動不願受縛的孩童，竟反常地乖巧懂事，憂患氣氛多少影響兒童心智，教人無言。

某日乘車去市中心，巴士到站，在我身前的一位婦人，抱着小女孩下車，女孩伏在她的肩膊上，戴着小花口罩，目光孄孄，無甚意緒，抬眼看我這個跟着她下車的白髮乘客，眼瞳裏沒有焦點，彷彿我是透明人。見她一個胖娃娃，口罩遮了半面，但寂寞難掩，我笑着招手逗她。胖娃看不見我口罩下的笑臉，卻肯定意會我的笑眼，她即時抬起上身，眼睛發亮，也向我搖手，可能動作過猛，婦人側頭看她，又輕拍安撫。我們一前一後，互望互動，直走至路口才各散東西，分手前做了個拜拜手勢，她晃動胖手回應。我邊走邊回頭，繼續拜拜，她依依遠望，似有不捨。胖娃父母或為防感染，少讓孩子與人接觸，猜想平日獨玩無聊，忽遇一個逗趣的蒙罩過客，跟在她身後打手勢演默劇，馬上活潑精靈起來。

友人的幾歲孩子，指着舊照片上不戴口罩的小朋友，天真關切地問：「點解佢冇戴口罩嘅？」沒口罩就沒安全感，語氣還有點擔心。疫症流行期間出生的小朋友，自出娘胎，觸目盡是口罩人，無從理解不戴口罩才是人生的普遍日常。戴罩防疫雖迫不得已，卻無奈同時扭曲小兒的正常認知，兒童心理學家根據臨床研究，認為三年疫病造就的口罩世代，極大機會失去觀察和解讀人類面部表情的能力，我行我素，冷淡自閉。部分口罩幼童在陌生環境下害怕開腔講話，不懂與人溝通，容易患上選擇性緘默症，對兒童身心的健康發展亦妨害很大。

醫療專家屢屢強調不打疫苗的幼兒與長者，易得重症，疫情侵擾以來，兒童染病時有所聞，更有不足三歲的稚童病亡，家長為安全計，少帶孩子外出。長者活了大半輩子，經歷人生起伏，嘗遍苦辣酸甜，只要有糧食物資作後援補給，為避疫閉門不出，雖可惜失去活動筋骨的機會，亦沒甚麼大不了。但痛惜幼兒來到花花世界，不過短短千日，沒多少天可在陽光下嬉戲，在野草地上奔跑，無論天寒暑熱，整天包尿布，出外戴口罩，除洗澡洗面、清理屁股，小軀體上下受縛，難得解放。他們從爬到走，努力學習成長，在所謂起跑線前邁腳開步，卻不幸夭折，來不及自由長大，來不及看幾眼真實而未必美好的世界。本來如旭日般明亮的眼眸徐徐闔上前，小腦袋除留下父母的慈顏外，人世記憶，恐怕只餘口罩。

8

小朋友尚且如此，成年人壓力沉重，更可想而知。接受現實的在防疫措施下，不斷調整個人活動與習慣，為生計奔馳；追尋理想無奈離散的午夜夢回，難平意緒，有去固難、留亦不易的心結與掙扎。近年不時發生倫常慘劇，他殺自殺不一而足，疫病更易把矛盾激化。有為疫情失業，欠債無計償還，承受極大經濟壓力，一死了之；有年老確診，方艙隔離，害怕遽失人身自由，又不願感染兒孫，反正老無一用，不想偷生；有因疫禍生意萎縮，心情不好，為芝麻小事或男女感情起爭執，公眾地方或私人居所大打出手，弄成血案。

抗壓能力不高、情緒容易低落的人，經年累月，面對種種莫名焦慮，既窮於周旋應付，又無法擺脱受壓之源，慢慢患上抑鬱症。而生性樂觀、不容易信念崩潰，看來相當硬淨的人，卻又絕非金剛不壞，在經受生活與工作上的諸多不滿和不公時，也會委屈憤怒，充滿無力感。負面情緒持續累積，心理與精神健康必受影響，總有透不過氣的時候，非得要找方法宣洩，避免失衡，而做夢也許是紓解情緒的其中一條秘道，是天生讓人排解壓力的內置機制。

白天在外拼搏，身心疲乏回返黑夜的家，虛脱中攤軟床上，腦細胞活動減慢，漸漸進入夢鄉，但又不時從亂夢中驚醒，日夜就在人生的醒與夢之間穿梭。夢境不論可解或不可解，多是因應日間活動而潛生感發的心理投射，腦細胞的殘餘記憶成了夢的底因。做夢可以協調神經，發揮自我修復能力，人一生做過多少個夢，實在難以計算，內容亦少人記得清楚。至於所謂「日有所思，夜有所夢」，也不盡然，平常忙於應付生計，明明沒刻意念掛已逝親友，卻總會隔個三年五載，輪流報夢，夢中音容宛在，醒後虛渺無痕。

疫病流行初期，各國曾經嚴守海陸空邊境關卡，以防旅客輸入病毒，雖然後來逐漸調整放開，但最初雷厲風行的緊張氣氛，猜想已震懾得連早登極樂的親人也有感應，哪怕無形靈體或已修化得來去自如，卻為尊重人間疫法，半步也不敢越界，近年已少入夢來。親人夢中不遇，沒頭沒尾的散夢又遽生遽滅，倒是噩夢或超現實的夢，因為悸怖和離奇，細節卻容易記得牢實。幾年前突發空中飛夢，夢中一路下墮，急降的離心力，使人在無邊際的空間驟失憑倚，然後在極度驚惶中猝醒。

9

儘管生活百般調適，間中仍舋心緒不寧，疫流千日，曾做兩個怪夢，若說無稽，又彷佛有跡可尋。某夜看電視新聞，緊接國際頭條與連串疫情報告，主播報道政府快將推展全港清潔大行動，畫面隨即出現官員巡視十八區某幾處納垢黑點，只見廢棄機車與雜物爛布充塞横街，廚餘垃圾和破傘口罩污染後巷，地面牆上，蟑螂蟲蟻到處爬行。過幾天，電視台推出回應清潔大行動的專題節目，熒幕上又見大嬸在食肆後門劏魚殺雞，鮮血穢水流滿一地；街市肉店開鋪前的行人路面，攤放着兩條被剖腹開膛的肥豬，群鼠在粉紅豬體上各佔據點，噛肉大嚼。

新聞片段只播出幾分鐘，專題節目內容則較詳盡，看時沒有激動，只隱然認同確有全港大掃除的必要。群鼠大食派對也許不自覺潛入意識，某晚夢見類近兒時睡上一家四口的大板床，床底下長短木方縱横交疊，木板壁漏出微光，暗黑中影影綽綽，照見大小蜥蜴、壁虎、老鼠、烏龜之類，在木條堆中竄行蠕動，忽地一隻全身草綠的蜥蝪，圓瞪大眼，擘顎裂齒，怪嗚着快速爬來，我怵然驚醒。

另一個夢亦同樣離奇，早前去街市買豬柳，付老闆五十元新鈔票，找回幾枚硬幣和一張沾血舊鈔，血污令人不安，亦怕附帶病毒。記取教訓，日後光顧街市、超市或小商鋪，如不能用八達通、超市禮券或信用卡，就盡量付準數現金，少沾手找續。某天帶備幾張五十元面額禮券，打算補充防疫物資，我推着購物車選取超市貨架上各式酒精紙巾和搓手液之類，然後走過燒味櫃枱，見鋁製托盤內有幾碟油光亮亮的滷水雞髀，標價二十八元，細選了一碟，繼續巡行。

為了精準使用快要到期的禮券，不想動用餘額有限的八達通補貼差價，不時心算，採購過程成了計數遊戲，當總額在五十、一百元上下浮動時，就加減車內貨品。購物主要為防疫物資，其次是蔬果，分清主次後，最常用來調節貨款總數的，顯然是後備身份的滷水雞髀。每次取一碟，轉頭又折返燒味櫃枱，把它放下，來回三次，始終沒有買走。

一門心思只顧理順貨品與禮券之間的等值關係，對曾三顧燒味櫃枱迎送雞髀一事，可說漫不經心。想不到留身以待的雞髀，咽不下被棄的恥辱，當晚入我夢來。朦朧中不知身在何處，只見窗明几淨，桌上盤子端正放着一隻油光肉滿的滷水雞髀，鼓脹的髀肉上，黑線描出簡單的眼鼻口，下有格子圍巾掩蓋瘦瘦的髀骨，雞髀忽然發聲，三次質問：「點解唔要我？」一次委屈，兩次認真，三次怨怒，就在最後一次的怨怒聲中，我瞠目結舌，不知如何應對，但見它形態奇特，忍不住笑醒過來。

「綠蜴怪鳴」與「雞髀三問」，前者似驚慄的爬蟲動漫，後者似廸士尼的趣怪卡通，可說驚喜交集。後來再去「肇事」現場，經過燒味櫃枱，忽爾神思躍動，恍見幾碟滷水雞髀似夢中形態，向我擠眉弄眼，嚇得急步離開。為免刺激「雞髀同盟」，我不敢向燒味盤子行注目禮，怕盤中盟友疊生舊怨，今晚夢中怒訪，不從廣東俗話「雞髀打人牙骹軟」，卻來找晦氣，狠狠敲我的後腦勺。

人間疫劫，憂思潛生，連場觭夢都沒甚麼邏輯，雞髀含恨，本屬荒唐，夢雖反智，夢喻卻似有所指。設身處地，雞髀不能克盡己職，做我桌上佳餚，全因我眼中腦裏，只有防疫物資，三番辜負了它。醒後惘惘然頓生比興，萬物有情，雞髀亦然，我為缺乏同理心感到抱歉，並悟覺倉皇世道，盡量不忽略需要關愛的人，適時扶一把，說不定對方帶着祝福與支持，活出不一樣的人生。

10

疫下百事蜩螗，時間從生活的種種變奏中流走，為免過分神傷，實行四兩撥千斤，閒散度日。新春過年，限聚依然，親人沒有安排家族團拜；清明掃墓時，亦只隻身在老父龕位與母親墳前燃香禮拜，不見兄姪形影，不聞至親笑語。這種說不出的落寞，看不透的疫情，使人對隨後的端午中秋，親朋可否無拘束地戶外歡聚，不存奢望。

疫癘中過節，舉足輕重的主導角色是病毒，團體籌辦的慶典可以因應情況縮減規模、改期或取消，市民習以為常。長洲天后誕，為避感染，主會暫停民眾搶包山活動，折衷向坊眾派發平安包；端午龍舟競渡亦偃旗息鼓，不聞鼓樂喧天，不見飛槳河上；曾辦盂蘭勝會的街區球場，水靜鵝飛，竹棚搭建的祭壇、戲棚、大士台蹤影全無；港島大坑中秋舞火龍傳統，原為民間驅趕瘟疫，卻連續三年取消。說句未必荒誕的話，理應修煉成精的驅疫火龍，可能已錯失三次上天入地、勇擊新冠的好時機。

近幾年中秋，天氣悶熱，不單氣溫同達攝氏三十二三度，且常遇秋颱威脅。我每年無懼風訊，慣常在騎樓吃果餅，觀賞月出東山，時見它厚雲驟雨中隱而復現。文友傳詩詠月，偶爾亦打油和應，文思擾動之際，風雨輒打樓窗，亦不覺敗興。是年團圓夜，不見金風送爽，一貫多雲熱雨，再加九千確診病例贈慶，只覺城市脈搏時沉時顯，個人心境時老時輕，迷茫世態，詩趣似有還無。兩星期後的秋分日，終捱來東北季候風，氣溫稍降，卻又連續幾天下雨，整個九月，就在疫訊與熱雨中無聊過去。

刪節本另名〈疫下散記〉，曾刊於《別字》六十三期，二〇二三年四月

二〇二五年三月二十一日最後修訂

漫說素心人——誌記先行者及遠去的韶光

1

在新冠纏繞的二〇二二年底，疫情態勢依然陰陽不定，若期望新一年會帶來新氣象，當時未免奢想，估不到憾事還沒到頭，只差十三天就過渡至二〇二三之際，竟再收到令人神傷的消息。

十二月十八日早上，如常吃早餐，如常看電視新聞，如常打開手機，一個素葉群組訊息「西西走了」跳入眼簾，我捧着手機在廳廚之間踱步，重看幾遍何福仁（阿仁）傳來的訊息，得知西西入院三天，初時穩定，後因心臟衰竭病逝，去時安詳。同日上午，老友楚真與梁滇瑛（阿滇）通電話，了解西西大致情況，知道她留院期間，可能不慣醫院食物，吃得很少。阿滇分兩天帶去方便病人吞嚥的軟餐，梁家私房菜果然合口味，西西吃得一點不剩。滿腦子奇思妙想的她，忽爾「神奇女俠」（阿仁語）上身，撇下親人朋友，乘「飛氈」遨遊另一個世界，對她出發前吃得飽飽，失落中感到寬慰。

西西晚年多病，除因乳癌手術後的放射治療，傷了神經線，右手活動從此失靈，又有高血壓，眼睛亦曾因黃斑裂孔，遵醫囑面朝下睡幾個月，強制睡姿當然不舒服，但神奇女俠克服過來，從不自怨自艾。當知道右手再不服管，她努力訓練左手提筆，又為物理治療，單手縫製猿熊布偶，認真研究，一絲不苟。她的童趣、巧思與情意，不單為沉迷的各式玩具與細緻經營的微型娃娃屋，留下《我的喬治亞》、《看房子》、《我的玩具》，還有《縫熊志》與《猿猴志》等等充滿知性和趣味的著作，專注遊於藝的同時，不忘為動物發聲。

西西文學視野恢宏，學養豐富，興趣廣泛，樸素幽默的文字呈現別出機杼、不同形式與風格的作品。有題旨舉重若輕、結構妙曼多變的小說創作；有深入淺出、析解電影文法和知識的專欄影話；有不落俗套、散淡親和的明星訪談；有角度另類、絕不外行的足球逸事與球員論述；有為實踐理論初試啼聲的電影劇本，還有用新聞廢片剪成的實驗短片《銀河系》；有見解獨到、涉獵極廣的讀書筆記；有圖文並茂，抒發個人涵養品味的生活小品；有資料豐富、極具探究精神的文物素描；有對視角藝術如繪畫、雕塑以致建築美學的介紹賞析。

她是文體實驗多面手，積極管理病體之餘，持續交出「一是新內容，一是新手法」的各類創作，不時對這個充滿爭議的世界，表達她的人文關懷，寄託她對事物的情思，對人生的感悟。她的病後力作《哀悼乳房》，以自身乳癌經歷解構癌變，詳記自療程序與病者心態，並多角度探討手術前後種種，作出溫馨提示，充滿同疾相扶的仁愛精神，現身說法，雲淡風輕。而經歷五年查閱文獻，構想經營，左手書寫，再加黃斑裂孔考驗，熬製出來的結晶品《欽天監》，更是她創意、學養、心志和耐力的總體呈現，是她畢生沉湎寫作的終極遊戲，是她對我城與朋友的深情告別。

2

一九七九年春天，初識西西，自此與她及創立素葉出版社（下稱「素葉」）的幾位元老，維繫多年友誼。回首那段可堪憶記的文青歲月，朋友稟賦性格雖各不同，讀書玩樂之餘，卻都懂得默默在閒散中持守志業，平和地待人處事，理性地面對分歧。同仁組織難免散漫，有時處理稿事不周全，雜誌出刊又不定期，訂戶事務亦疏於同步跟進，但擲下鴻文的本地與海外學者、作家與文壇新晉，以及熱心的讀者和訂戶，愛護支持如故，當日各方君子的包容與體諒，實在使人感愧。

時間就在編校勞務與聚飲舉杯中飛快流逝，在主力同仁輪流領軍之下，許廸鏘（鏘仔）出力尤多，素友既曾見證文學叢書與雜誌的出版與刊行，亦曾興致勃勃組團，周遊中外名勝山川，度過許多充滿歡樂、知性和美感的時刻，與西西同遊，更有不枉此行的美好體驗。她每在出發前，查找與旅程相關的文物古蹟資料，是個永不枯涸的流動知識泉。一次東北之旅，同遊素友因顧慮北地的嚴冬大雪，曾聯袂去利源東西街買一色玄黑雪褲，裝容齊整，浩蕩出行。可惜歲月並不恆常靜好，主責叢書與雜誌美術設計的蔡浩泉（阿蔡）及出版社創辦人之一周國偉（偉仔），先後脫隊歸源。

阿蔡二〇〇〇年九月大去，留院抗癌三十天，終力孤勢危，溘然而逝；《素葉文學》亦在同年十二月出版第六十八期後，淡出文學舞台。該期厚達二百四十頁，執行編輯許廸鏘、何福仁（方沙）與麥華嵩，卯足勁推出二十周年（一九八〇—二〇〇〇）紀念專號，並策劃了「蔡浩泉特輯」。內容有「蔡浩泉詩文選」，鏘仔的〈回首阿蔡〉和他從訪問閒談的零碎片段整理出來的〈阿蔡一夕話〉，格格的〈今日相樂，皆當歡喜〉，阿蔡兒子邊村的床側素描和短文〈兩兄弟〉等等。封底告示「擴大篇幅，酬謝讀友，售價仍舊」，驟看不禁莞爾，大有臨別秋波、歲晚酬賓的意味。

阿蔡樸直才高，浪漫不羈，對自己的信念執着堅持，跟大多數與繆思共戲的藝術家一樣，煙酒不離，也許吸煙貪杯是為了繪畫寫作捕捉靈感，或為與朋友共聚，同氣相投；噴圈悶飲時，又可寧定一己頑性，滿足愁腸獨灌的痛快孤絕。阿蔡青少年時闖登文壇，以多個筆名寫詩和小說，一九五八年曾與桑白和木石創立「流星社」，一九六六、六七年間又為「明明出版社」主編「星期小說文庫」，出版西西第一本小說《東城故事》。阿蔡醉心繪畫，雖囿於現實，為生活籌謀，幹過多種職業，包括教師、副導、記者、編輯等等，但一生文畫不輟，寫專欄、畫插圖，從沒離棄過美術與文學。

二〇〇六年「素葉」懷念阿蔡，出版散文結集《自說自畫》，內收他在《星島日報》的專欄文字，連插圖二百多篇。阿蔡行文率真，不避俗穢，輕淡寫出他對人生的細微觀察，反映他感性、幽默、大而化之的性格一面。曾在「圖騰」與阿蔡共事相處的鏘仔，在《自說自畫》後記寫下：「阿蔡自然是位畫家，但他一生花在繪畫上的時間不多，在他生活和感情稍為安定下來，開始重拾作畫的心情時，卻已近生命的尾聲。」言來不勝惋惜。阿蔡逝後，鏘仔化惋惜為動力，管理他的面書平台，上載文章、專欄、畫作、生活照等等，讓朋友讀他的文字，看他的畫，留言抒發感受，懷念在不同時期認識的「大頭蔡」。

一九八二年「素葉」為阿蔡舉辦個展，是他台灣師大藝術系畢業後的第二次畫展，他全身心投入，有再展平生志的自我期盼，正如他在〈釋「四十而不畫」〉一文中說：「我可以忙，可以不忙，一切營營都是庸人自擾。時間可以走着爬着跑着跳着過去，甚至可以飛，我選了飛。一天幹他一個星期的工作量，剩下來的時間全用來畫畫喝酒。」為了個展，他果然就躲在南丫島專心畫事。

朋友假期去離島看阿蔡畫畫，鏘仔有時陪他飲酒，又在畫室過夜，第二天才帶着墨彩猶鮮、尚待裝裱的畫作離開。他在〈回首阿蔡〉中提到，一次送畫裝裱途中遇大雨，他「抱着阿蔡的畫，死撐着傘，在土瓜灣的人與車與橫巷間穿插，頗有百萬軍中藏阿斗之感。但我有的不是英雄氣概，反之，是一種孤清的感覺。我手中的是一位畫家的精心傑構，但能欣賞的又有幾人？」

「八二展就是在這樣『飛』的時間裏完成」，阿蔡文章中如是說，還表示「希望繼續畫下去，個展也要辦下去，好對自己有個交代」。然而，隨後一年再辦的「蔡浩泉八三展」，或因準備不足，反應明顯比八二展冷落。這以後，畫家與素友的熱誠與動力，不免受到影響，加上鏘仔提及的「畫家生計作業日見緊迫」，阿蔡個展不得已悄然止步。直至他逝世後的二〇〇一年九月和十月，「素葉」追懷故友，先後在大會堂高座展覽館和香港中文大學逸夫書院大講堂展覽廊，再辦「重訪蔡家山」和「人間煙火」兩個紀念展，以設色水墨紙本為主，塑膠彩金銀紙及木刻金銀紙為輔，展出他意念構圖出新、技法另闢蹊徑的畫作。

3

當年為編《素葉文學》，每期主責編輯通常會相約同仁，假日或公餘去其中一位素友家埋班工作，但更多時候會賴在阿蔡的製作公司「圖騰」，校對文稿，排貼版面，用鎅刀、眉鉗、膠水剪剪貼貼，逐字改錯，逐行移補，做未有電腦排版前繁複的手工勞作。「圖騰」在灣仔譚臣道，工作室面積不大，卻不嫌朋友「客家佔地主」，還體貼地有背景音樂幽幽播送，散發出一種閒適情調。

「圖騰」的背景音樂，常備粵曲「客途秋恨」，音色蒼勁的白駒榮每起唱「涼風有信，秋月無邊」，記不清是阿蔡，還是阿仁多會隨聲和唱幾句。在低緩舒徐的南音板腔節奏當中，大家專注排校，認真幹活，西西眼睛不好，盡責校對自己文章後，靜坐一旁，量力支援。若她是該期主編之一，校稿之餘，也會跟其他人商討版面和文稿事。直至晚飯時候，工作暫告一段落，未完手尾與後續印刷程序多半託付鏘仔，有他做後盾，大伙兒心安樂意去同街斜對面的飯店「悦香」打牙祭。

素友飯會，啤酒不離，間中有人帶來紅酒，幾杯下肚，或聊天或戲謔，或興致高昂謀劃旅行大計。有時問候少露面的朋友近況，有時傳遞海外文壇前輩消息，有時談文説藝論電影，當然也會正經報告與出版社有關的事項，譬如財政、集資、發行等等，又或者探討雜誌下一兩期的專輯主題，各抒己見，興盡而散。

當年並未意會這樣氣氛親和、同心協作的好時光，絕非必然。隨着歲月流逝，事有生滅，潮有漲退，《素葉文學》一路摸索走來，不意竟翻到似完未了的終章。群聚機會，既相應雜誌停擺漸漸減少，阿蔡不在，更無藉口在圖騰「糾眾」，素友只偶然在周末或節慶前後，才相約敍舊。

4

當年聚飲，時遇周國偉（偉仔），他是「素葉」成立的重要推手，是阿仁的大學同學，愛聽台灣歌手蔡琴溫柔磁厚的歌聲。記憶中他並不多言，為怕影響朋友，慣常半途離座，去聚會場所門廊外吸幾口煙，在尼古丁的煙霧中悠然自得，鍾玲玲偶然也離席抽煙，與他閒聊。不編雜誌以後，朋友少聚，偉仔更成了稀客，後期見他，眉眼間似有一絲鬱結。

一九八一年十二月，素友一行十人東北行，在結了冰的松花江上步步為營，以防滑倒；又在哈爾濱拙劣的溜冰試練後，初嘗飛龍宴，吃東北山珍飛龍（大興安嶺榛雞）、熊掌和松花白魚。在吉林小酒家老闆熱情招呼下，阿蔡、阿仁、鏘仔幾杯白乾下肚，唱歌醉舞、胡鬧忘形的畫面，間中腦海浮現。最近翻看舊照，有一張偉仔與我食桌前並坐的留影，我們咧齒笑望身旁的西西，我與她正手拿湯匙，愉悅地把食物送去嘴邊，四十多年前青春定格，相中人食態可掬，神朗氣清。

周國偉是早年《詩風》、《羅盤》編輯，亦在這兩份刊物和《大拇指周報》發表詩文，寫過不少評論古希臘哲學、法國哲學及當代文學的文章。一九八一、八二年間，《素葉文學》刊出他四首新詩，〈詩之外〉、〈多明尼加兩首——濃濃的夜，飲吧；在那遙遠的〉和〈削髮——訪瀋陽東陵有感〉。十多年後的一九九四年二月，詩作〈雨後〉、〈思念〉和〈戀的美學〉在第五十期發表，之後似乎停了寫詩。

他在《素葉文學》曾發表八篇文章，有讀書報告〈《百年孤寂》：生命的寫照〉，譯文〈奧秘之島——八十歲的波赫士：談話錄〉，書介〈《當代敍述小說的規律（Narrative

Fiction-contemporary poetics）》〉，評論則有〈珠光寶氣──資本主義・男性中心社會裏的女性新形象〉、〈拉岡：欲望的符號與符號的欲望〉、〈斯芬克司的神秘象徵與伊狄帕斯的理性主義──詩人與哲學家的碰頭〉、〈安蒂岡妮：若干詮釋的可能〉，而〈安蒂岡妮不可思議的生與死〉則在六十八期最後亮相。

二〇〇六年十月底，忽傳偉仔死訊，那幾年與他少通音問的朋友大感錯愕，嘆惜他英年早逝，至於撒手因由，當時不忍亦無從探問。二〇一九年七月，黎漢傑編選的《周國偉文集》出版，從他弟弟周華山的深情序文中，知道他因食道癌過世。字裏行間，輕透他逝前幾年曲折的心路與遭逢，其中提到他取得博士學位後，轉職大專院校，任教期間曾遇波折，讀罷教人份外神傷。回溯多年前的直觀感受，隱然覺得他硬朗的詩風、嚴正的評議和論述背後，還有敏感、堅執與憤世做底子，一個孤標鬱傲、時不我予的學人形貌，恍現眼前。

素友相繼抽身先行，提早告退，同枱共志者難免有憾。二〇〇〇年走了阿蔡，相隔不過短短六年，又走了偉仔，剛過去的二〇二二，再走西西，雖說盛筵無有不散，仍心有戚戚。多年來，自主去留的素葉成員，因應個人志業的改變，道雖不盡相同，亦總能在不同渠道略知對方近況，唯有被動脱隊的朋友，轉移去了人天永隔的極樂軌道，音信倏忽滅絕。

5

阿蔡逝後三個月，西西在《素葉文學》第六十八期發表小説〈解體〉，以阿蔡為第一人稱的主角原型，講述有關死亡的故事，意念奇巧，情理兼備。患癌的主角在小説開頭已斷了氣，敍述死亡過程的「我」，是與死者共生的「物體」，死者是「我」的宿主，「我」是他的寄居者。但「我不是細菌，不是微生物，不是生物意義上的物質……，也不是固體、液體和氣體……。我是環繞在軀體四周特別是頭顱附近一層薄薄的物質，我稱自己為能體。」「我是一種微能量，如果有方法看得見，必定像冷光；

有方法摸得着，必定像靜電。」

西西描寫的能體，與軀體共生，「有時是軀體的我在說話，有時是我這個能體在說話，有時合而為一，有時彼此獨立發言，既合又分，既離又連，多麼奇異的共生體。」可惜隨着軀體腐朽不存，在頭顱附近游離的能體失去宿主，漸感無處依附，能量與感應愈來愈弱，終至於在空中「形神俱散了」。

阿蔡與西西，早識於五六十年代，西西溫厚，阿蔡跳脱，一樣才情橫溢，充滿童真。重讀小說〈解體〉，依稀感到西西以她情志所繫的文學創作，惜別故人，借其中的能體表白一己哲思，安慰朋友。在能體有關宿主死亡的敍述中，它「不相信幽靈與鬼魂的天堂和地獄、梵天與黃泉」，認為軀體不僅僅是蛋白質和核酸，「必定還有其他屬於人的本質的東西，一個人的思維、精神、意志、夢想、愛與慈悲」。作者彷彿預示，我若先行，朋友請勿哀傷，亡者不會僅餘蛋白和核酸，還有珍貴的、最可懷念的思想、人格與感情，軀體灰飛，德志猶存。

俗世的危難災厄從來可恨，離情死別亦同樣教人難耐，無力回天之餘，不禁走火入魔，幻想西西提及的能體，它的微能量既曾與共生體同歷死神大挑戰，在長短無定的彌留狀態下，直面非生即死的格鬥和嚴峻考驗，軀體雖不敵敗陣，能體卻脫離宿主，火化鳳凰，自我超拔為微能量群，附結於氣流，在混沌太空隨風神行，不再渙散。

仙遊朋友因而在那個未可窮盡的神秘空間，仍可以能體相知，隔空感應。當其時嘛，阿蔡與偉仔重逢，繼而再會西西，談文說藝論畫之際，伴隨不可或缺、漸趨散淡的煙雲酒氣，隱約還有天籟與花香。若能夠在極樂軌道遇上先後飄升的其他文壇同道，何妨迷離到底，索性組織一個只接受能體會籍的雲端沙龍。

6

狂想友情可從人間持續到天上，意願雖美好，無奈匪夷所思，教人不得不從妄念中抽離，重返現實。思緒飄回上世紀八九十年代，那些蝸在我家吃大閘蟹飲暖花雕的快樂年光。當時屋小人擠，難得朋友不以爬八層樓梯為苦，小休回氣後，不忘杯觥交錯，起哄管毫齊揮，塗滿一卷「月宮殿」。素友小廳閒適散坐，漫聊世事、生活事、出版事，笑語中等待熱氣蒸騰的主角「紅甲橫戈軍」出場。

西西來我家做客，恆常微笑寡言，樂觀各人嬉鬧情態。她曾先後帶來兩件陶瓷製品做禮物，一是英國皮爾遜的淺棕色釉瓷容器，專放廚房的鍋鏟勺匙，二是來自法國廸古安的奶白色釉瓷鄉村單耳水罐，又會在包裝用的白色雪梨紙上寫生日快樂，用彩筆俳皮畫上小花、太陽和甜橙（因應我筆名是某牌子橙的諧音）。

一九八四年生日，西西送我一個直徑兩吋的黃木陀螺，圓周分佈八顆藍星，底部刻字「St. Markus Holz und Spiel」和一面瑞士旗形標誌，手書祝福語：「祝妳好好運，Happy Birthday」。這木陀螺轉啊轉，隨我轉到今天，回望大半生，經受過的晦氣事已不想記起，唯願好運道如能體與我共生，持續迴旋，不要辜負西西多年前的分明祝願。

我家衣櫃和書櫥還有三件西西的功夫手作，是她為手部物理治療學習製作的布偶毛熊。靜躺衣櫃的是一個穿着企領長裙的紅髮大眼布偶，裙布以虛線分成不同方格，每格圖畫寫上法文，有牛奶罐、番茄湯、蘋果蓉罐、刀叉、茶壺、咖啡、雪糕及鮮花等等。腰纏紅白格子圍裙，圍裙別上三件迷你飾物，香檳瓶、擀麵杖，還有帶把手的方型小砧板，上有凸字Baked with love，紅髮女子顯然是個好客的烹飪能手。

另一個身穿黑圓波點紗裙的長頸毛熊，靜坐書櫥之中，圓波點毛熊頸纏同款長紗巾，腰繫珍珠闊緞帶，西西笑稱服裝靈感來自歌星徐小鳳。長頸女子腳掌平大，下盤沉重，叉開雙腿，坐得四平八正。挨身而立的是斑馬鼻子家族成員，估計是媽媽吧，頭包布巾，身穿及膝圍裙，圍裙袋中有紙片說明製作材料。熊媽媽背負竹簍，斑馬鼻子BB身裹白色通花手帕，從簍內伸出頭來，兩母子或母女頭面轉往同一方向，站得穩穩。不要小覷毛熊立姿，西西花了三年時間實驗，改良填充物，下移重心，才使得毛熊頂天立地。她為猿熊布偶設計不同形態，度身訂做服裝配飾，部分造型連繫小說和歷史素材，具見西西的文學與美學修養。

西西的禮物，不論小玩意抑或正兒八經的瓶瓶罐罐，都精挑細選。平日逛市街和商場，或者境外壯遊，看見美麗高質或趣致好玩的東西，趕緊買下來，既可家中展示賞玩，又可當禮物送人。西西熱愛生活，體貼朋友，知道對方情緒低落，會送小禮物逗人開心；或見朋友面臨環境轉變，可能不慣，特意登門慰訪，叮囑有事可去土瓜灣找她，對朋友的關懷，使人暖在心頭。

7

西西土瓜灣獨居，萬一半夜三更出狀況，印傭阿芝習慣急電住在附近的阿仁求助。她兩妹已逝，兄嫂年邁，親族後輩雖時相探問，但未必能夠及時照應，阿仁與阿滇經常出手相幫。西西坐輪椅出入診所醫院，不能單靠廣東話有限、不熟悉醫院環境與運作的外傭，阿仁與印傭一道，召計程車陪診。

阿滇有照顧高齡父母的經驗，善於體察長期病患需要，間中捎帶小菜家訪，讓西西在阿芝的簡單烹調外，轉換一下口味。西西有時深宵不睡，興奮唱歌，頻喚阿芝，阿仁考慮傭人或會休息不足，反正星期日例假需請替工，多請一位家傭，跟阿芝拍檔，讓有腦退化迹象的西西，全天候得到貼身看護。阿滇幫忙聯絡傭工介紹所，安排視像面談、試工，又約同家傭接種新冠疫苗。阿滇自謙做得不多，只認客串，其實付出的時間精神，絕非走過場的「大茄喱啡」可以類比，她是隨時提供實務支援的行動派，西西病後起居有他們照應，真是修來的福氣。

阿芝在西西家八年多，西西大妹逝後，主力照顧西西。初期經常結伴，遊商場逛街購物，後期需坐輪椅，「掃街」樂趣無奈失落。天氣好的話，時來探望的阿仁連同阿芝，推車帶她去土瓜灣遊樂場的緩跑徑，舒伸筋骨，或者晚飯後出外放風，去附近碼頭看海看街景，扶着在濱海的行人路走幾步，兩主僕又會準時同賞電視處境肥皂劇。

西西曾失驚無神讚阿芝「香港第一」，逗得正替她整弄衣衫的阿芝笑不攏嘴。西西不在，兩位家傭另覓僱主，入住中介宿舍前，素友約她們去翔龍灣廣場午飯，含蓄表示一點感謝與道別的意思，尤其對阿芝。

8

二〇二一年四月，西西不適入院，當時疫癘橫行，為防感染，探病嚴限人數，陪宿的阿芝，需隔天做醫院昂貴的新冠病毒測試。阿仁後來通報，西西經詳細體檢，查找病因，對症治療後情況好轉，更得悉她曾經小中風，留院三十天後回家。五月中素友去看她，大家有心理準備，她精神好的話，反應精靈，睡得不好腦筋較混亂，有時認不得人。

西西瘦骨珊珊，坐輪椅上氣定神閒，朋友自報家門後，輪到我也認真地，特意朗聲報上小名，她粲然一笑，沒好氣地回應：「唔使嘅嘅。」乍聽愕住，待回過神來，朋友幾乎笑死，估計言下之意是「我梗係知道你係邊個啦」。如粵劇《帝女花》的駙馬周世顯，維摩庵內對長平公主講「你真係睇小我太不聰明」，「唔使嗰嘅」其實是一句溫柔的抗議。西西見朋友，神情寬慰，互動問答，腦退化似不嚴重，但應對間容易疲倦，情緒飄忽，出人意表提出：「我要瞓覺嘞。」

為免西西白天渴睡，夜晚不眠，阿芝把生果切成小塊送她嘴邊，分散注意力，但水果吃過，不一會重新爭取睡覺權益。拗她不過，阿芝扶正她坐歪了的身子，推輪椅回房，轉身前西西禮貌周周，字字清楚，跟朋友講：「拜拜，唔好意思。」主人抖睡，貴客自便的訊息十分明確，送客那一刻她可真夠醒神。離開前去房中看她，還沒入睡，眼睛碌碌，撫拍她只餘瘦骨的前臂，她輕喚我名字，並送上一抹微笑。

二〇二一年十一月初，再訪西西，知道她愛吃叉燒酥，我與楚真當天帶叉燒上門，讓她打牙祭，可惜肉質稍硬，嚼咬不動，才醒悟一時糊塗，叉燒實在並不等同叉燒酥。阿滇後來教我，下次可先請阿芝把叉燒切成薄片再試。

相對幾個月前她剛從醫院回家，病況似更趨穩定，問答無礙，意識清明。我們放慢語調，聊東講西，拉雜談到上海大街兩旁的法國梧桐，西西記得，放學走在回家路上，梧桐樹高高，還有一地沙沙落葉。她常跟母親去戲園看越劇，給她看手機影片《紅樓夢哭靈》，她說徐玉蘭演的是賈寶玉。從前生活過的地方點滴，老來病中，印象不忘，最意外還能講流利法語，複述一位較她早逝年半的文壇同輩，許多年前用法文對她講的一句話，腦退化並沒影響她的外語能力及早年記憶。

楚真跟阿芝閒聊，講自己沒到過印尼，只去過峇里島出席婚禮，我哼起印尼民謠「峇里島」的調子，西西隨即跟唱：「你可曾聽說有個峇里島，就在那印度尼西亞……」，我們忘記歌詞，竟由她領唱。告訴西西過兩天是她的農曆生日，初聽有點茫然，戲唱祝壽歌時，她又同聲和唱，十分歡喜。

一輪互動後，西西靜坐輪椅看電視，記不清當時是新聞簡報抑或時事節目預告，她忽然鄭重發聲：「我唔理得嗽多咯！」可能熒屏上出現某些社會實況場面，觸動西西善感的心，她雖想關顧了解，但病弱之軀，愛莫能助，不無遺憾地講了這句話。西西在文學創作的路上，付出畢生精力，奮戰到底，做了別人兩三輩子的事，此時此刻，心無罣礙，調理病體是主旋律，紛紜世事，實在已無能為力了。

9

「素葉」老朋友鄭臻（鄭樹森教授），一直愛護《素葉文學》，當年提意見之餘，還不時為外國作家專題義務組稿，且交來譯文打氣，更不惜派人情牌，向相熟的海外學界及作家朋友拉稿。近幾年知我對戲曲有興趣，若得相關資訊，又非常有心發來電郵。二〇二二年三月，再收他附上某齣粵劇戲寶演出連結的訊息，我電郵謝他，順問疫下安好，並為廿多年前一件有欠大方的事致歉。

約莫九九年十一月底，素友在文化中心映月樓聚會，順賀我的散文集得第五屆（一九九七—一九九八）文學雙年獎。鄭教授當時在座，他輕敲水杯，請我講幾句話，我忸怩無語，不了了之。但教授回應已沒印象，幽默地說自己可能大學行政龍套跑慣了，習慣在喜慶場合邀嘗事人發言；又談到「從前素葉這類聚會，大家老病侵尋，疫災過後，恐亦無法復刻，只餘追憶」。想到無法復刻的除了荏苒韶光，還有親歷的情懷人事，不禁黯然。

近日無端皮膚敏感，中醫囑咐嚴戒生果冷飲，但耐不住天時暑熱，幾天就破戒，呷飲兩口冰可樂時，借故友加持，衝口而出，半耍賴半認真地對楚真講：「好似西西話齋，唔理得噉多咯，飲咗先算。」邊飲邊止不住偷笑。西西的日常話，成了有特殊意義的語碼，只覺神交如在，朋友並未遠離。

原刊於《無形》月刊六十九期，香港文學館，二〇二四年一月

二〇二四年十一月十八日最後修訂

附錄：疫下裁詩

自新冠疫病二〇一九年來襲，有三年多潛居簡出，平淡過日，百無聊賴中裁詩自遣，倚聲填詞。又劃看儲存手機的詩詞習作，嘗試改韻換字，且慣用粵音協韻，明知盡有不合律處，仍熱衷遊戲字裏行間。近來更重拾興致，一頭栽進粵調填詞的天地，試填小曲〈抒懷二闋〉，推敲間淺唱低吟，自得其樂，不覺日暮將至。

丙申中秋（二〇一六年九月十五日）

超強颱風莫蘭蒂凌晨過港；十七日凌晨又有天文現象「半影月蝕」。

惶惶又中秋，暑熱何咄咄。陣雨逕相侵，秋颱難擺脱。節慶不逢辰，蟾鏡半明滅。
深宵候圓光，雲影相交迭。灰鬢倦裁詩，感懷慢分説。蒼生願卑微，唯望太平月。

轟雷即事（二〇二一年六月三十日）

自二十一號夏至起，天文台持續五天，發出黃紅黑暴雨警告及強風訊號。連場風雨後，山居老者磚屋崩塌，荷池園圃重創，林木果樹半歪，風中強自撐持。

轟雷撼舍驚藜杖，墮溷繁英至惜嗟。松柏枝昂彰氣節，蘋婆柢固傲風邪。
瀰天黑雨鳴蟬沓，壓海灰霾朗日賒。戴白荷亭懷倖果，彤霞耀彩一夢耶。

辛丑中秋（二〇二一年九月二十一日）

之一

冰輪懸空際，良夜忌風纏。低壓颱蹤閃，時雨時麗天。兩年防疫病，撩鼻嘖煩言。
山居長日悶，無計釋愁眠。觀塘浮巨月，鶴兔亮維園。權且賞燈去，排憂濱海邊。

之二

白髮修心靜，高樓望天蟾。素顏離口罩，笑靨展風前。池台懸燈影，畫舫傍河川。
中天烏雲蔽，玉魄暫隱潛。銀光忽瀉地，乍見露華圓。星月齊福照，人間百病捐。

眼兒媚・棘冠亂紅塵（二〇二二年六月二十四日）

棘冠新癘亂紅塵，街巷渺行人。打針強檢，隔離難面，疫訊頻頻。
暮年傳染孤零逝，院舍累新魂。飄搖世道，爐峰香冷，悵惘深深。

醉花陰・胡琴歌欲泣（二〇二二年八月八日）

悲調胡琴歌欲泣，聽者羅裳濕。同覺願難酬，世道迂迴，信念長堅執。
讀書賞曲忘憂悒，隱市任風急。病霧擾蒼冥，了疫何期，悶局難收拾。

虞美人・韶光短（二〇二二年十月四日重陽節）

戴君傳來短訊，相約鍾君慶生；又附蔣捷詞《虞美人・聽雨》，謂「群組三人，少女認識，逾五十年，兩鬢豈只『星星』，悲歡離合也算嘗了點」。有感斯言，戲仿蔣詞，以博一笑。

妙齡不識韶光短，浪蕩徒招損。熟齡不懼百般愁，冬去春來、順逆傍中流。
樂齡不意鬢無多，憂患平心過。眼矇耳障念前塵，老友風生、樂聚慶芳辰。

抒懷二闋（二〇二五年三月十八日）

粵語小曲，調寄〈悲秋風〉——改編自廣東音樂〈悲秋〉，源出琵琶古曲《塞上曲》之〈宮苑思春〉

度春秋，經變幻，高風拂鬢步履艱，扁舟蕩，憂波翻，慎過險灘豈懼路漫漫。
歸帆，自顧盼，樂應初心守拙抱樸行，嗟春華，不復挽，滿苑芳菲轉眼逐風殘。
（音樂間奏）
月一彎，疏星淡，中宵披襟望遠山，觀心定，隱坊間，盡訴胸臆筆底度餘閒。
生涯，近秋晚，怕記濁世滄海起狂瀾，思親朋，感聚散，快語清歌杯酒夢裏還。

責任編輯：羅國洪
封面設計：洪清淇

書　　名：聆聽的房子
作　　者：辛其氏
出　　版：匯智出版有限公司
香港九龍尖沙咀赫德道二A
首邦行八樓八〇三室
電話：二三九〇〇六〇五
傳真：二一四二三一六一
網址：http://www.ip.com.hk
發　　行：聯合新零售（香港）有限公司
香港新界荃灣德士古道二二〇至
二四八號荃灣工業中心十六樓
電話：二一五〇二一〇〇
傳真：二四〇七三〇六二
印　　刷：陽光印刷製本廠
版　　次：二〇二五年六月初版
國際書號：978-988-70507-7-3

資助

香港藝術發展局支持藝術表達自由，本計劃內容並不反映本局意見。